編選序

尋找另一把鑰匙

課外閱讀的重要

一般人都知道課外閱讀的重要，但知易行難，說歸說，實踐起來往往困難重重。這一方面不妨先聽聽兩位專家的說法。

曾於2008年以《墓園裡的男孩》（*The Graveyard Book*）一書榮獲紐伯瑞金牌獎的尼爾·蓋曼（Neil Gaiman）曾在〈為何我們的未來得仰賴於圖書館、閱讀和白日夢〉一文中指出：「使用我們的想像力，並提供他們去使用他們自己的想像力，是一種對所有公民的義務。」在他看來，長者與幼者想像力的互動、思想的傳遞完全必須仰賴大量的文字閱讀。

至今以《雙鼠記》（*The Tale of Despereaux*）和《會寫詩的神奇小松鼠》（*Flora and Ulysses*）兩次獲得紐伯瑞

金牌獎的凱特・狄卡蜜歐（Kate Dicamillo）更直截了當的指出：「閱讀是一份珍貴的禮物，千萬不可以把閱讀當成家務或責任送給孩子，而應該當做一份珍貴的禮物送給他們。」

　　兩位大作家都在強調課外閱讀的重要。他們期待的是：如何讓孩子打開面前的課外讀物，然後大量閱讀。他們的期待並不難達成，只要父母與教師在孩子身上肯做某些合理的「投資」。究竟父母與教師要如何幫助孩子成為更理想的讀者？在我看來，下面幾點就是他們應該做的：

　　1. 讓孩子讀他們想讀的。

　　2. 好好使用圖書館。

　　3. 幫助孩子尋找喜愛的作者。

　　4. 父母與教師要同時讀童書。

　　5. 在他們面前讀你自己的書。

適當的課外閱讀文本

　　如果我們依照適讀年齡來確定適讀文本的字數的話，有字繪本約三千字，橋梁書約六千字，童話介於這二者之間。問題是，閱讀過程在經歷前三者後，就可直接閱讀三、

四萬字的兒童小説或五萬字以上的少年小説嗎？令人存疑！這或許就是至今兒童小説和少年小説未能成爲師長、家長和學生喜愛的文本的主因。

　　既然如此，可以好好細讀萬字上下的「課外」短篇小説嗎？這裡特別強調「課外」二字，因爲眞正的閲讀並非把教科書中的課文做滾瓜爛熟般的重複複習，而是強調大量的「課外讀物」。這可能是一種不錯的想法，值得試試看。

　　短篇小説的主軸各有千秋，以青少年爲主角的感人故事不少，重心在於他們彼此之間的互動，從中獲得啓蒙，領略成長期間的不同滋味。當然，有些故事以青少年爲旁觀者，細看成人們的一舉一動，藉此了解人與人之間的互動模式與生命眞諦。

就文類來說，短篇小說只是其中之一，但並非每個孩子都熱愛小說，推廣者以偏概全也是不妥的。然而孩子都喜愛故事，卻是不爭的事實；他們在乎的是故事內容，而不是表達形式。我們都知道，優秀的作品往往會讓讀者思考人生的種種問題，或多或少撞擊心靈深處。這本選集就是朝這個方向邁進，盡量把適合的不同文字形式收入，寓言、童話、故事、散文體小說、少年小說等盡在其中，故事長短絕不影響閱讀意願，因為左右小讀者想法的是文字故事的趣味性。真正優秀的作品不只帶給讀者瞬間的喜悅，而是能讓大小讀者在細讀後掩卷深思時，會有一種說不出的感受。

人間好書處處有，並不難找到。難的是父母、師長肯不肯用心去找、去帶孩子細讀與討論。

張子樟 （臺東大學兒童文學研究所前所長）

目錄

關愛他人，自身受益

走出舒適圈，勇於改變

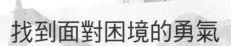

找到面對困境的勇氣

家的美味與悶燒

魔盒

〔英國〕 大衛·洛契佛特

在一抹纏綿而又朦朧的夕陽映襯下，四周高聳著倫敦城的房頂和煙囪，似乎就像監獄圍牆上的雉堞。從三樓的窗戶鳥瞰出去，景色並不令人悠然愉悅——庭院滿目蕭條，暮氣沉沉的禿樹劃破了天色。遠處，有口鐘正在錚錚報時。

每一下鐘聲彷彿都在提醒我：我是初次遠離家鄉。這一年，我剛從愛爾蘭的科克來到倫敦碰碰運氣。眼下，一陣鄉愁流遍全身——這是一種被重擔壓得喘不過氣來的傷心感。

這是我一生中最沮喪的時刻，接著突然響起了敲門聲，是房東貝格斯太太。剛才她帶我上樓看房時，我們只是匆匆見過一面。她身材纖細，滿頭銀絲，我開門時她抬頭注視著我，又往沒有燈光的房間掃了一眼。

「怎麼坐在一片漆黑中呢？」這時我才驚覺，居然忘

了開燈。

「瞧，還披著那件沉甸甸的大衣！」她如母親般慈愛的拉了拉我的衣袖，一邊邀請，「下樓來喝杯熱茶吧。噢，我猜你是喜歡喝茶的。」

貝格斯太太的客廳活像狄更斯筆下的某個場景……她一邊沏茶一邊說：「你進屋時，我注意到你手提箱上的掛牌。我這輩子都在接待異鄉旅客，感覺你的心情不佳。」

我坐下來和這位好心人交談時，憂愁感漸漸被她那不斷殷勤獻上的熱茶所驅散了。

隨後，我準備向貝格斯太太告辭，然而她卻堅持要給我看一樣東西。她拿出一只外觀陳舊的紙盒——約有鞋盒一半的大小，這盒子顯然十分「年邁」了，還用細麻繩捆著。

「這是我最珍貴的財產，」她一邊向我解釋，一邊小心翼翼的撫摸著盒子，「對我來說，它比鑽石更貴重。真的！」

我料想，這舊盒子裡也許裝有某些具有特殊意義的紀念物，我的手提箱裡也有幾件小東西——它們是情感上的無價之寶。

　　「這盒子是我母親交給我的，」貝格斯太太說，「那是在一九一四年的某個早上，那天是我生平第一次離開家鄉。母親將盒子蓋上，用細麻繩捆住，叮囑我要永遠收好它——對我來說，它比什麼都珍貴。這盒子陪我走過兩次世界大戰。」貝格斯太太繼續說：「一九一四年的倫敦空襲，二戰的納粹轟炸……即使為了活命到處東躲西藏，我都隨身帶著。房屋被炸毀、錢財損失，這些我都不擔心——我只怕失去這盒子。」

　　這倒勾起我的好奇心，貝格斯太太仍舊說個不停：「此外，我從未打開過。」她慈祥的望著我：「你能猜出裡面裝著什麼嗎？」

　　我搖搖頭，能讓她珍藏一輩子的東西，肯定充滿回憶。然而，她的回答卻令我大吃一驚——「什麼也沒有，」她說，「這裡頭空空如也，什麼也沒有！」

　　一個空盒子！天哪，她珍藏四十年的東西，只是一個空盒子？

　　我隱約懷疑起來，眼前這位仁慈的老太太是否有點古怪？

「你一定感到很奇怪吧？」貝格斯太太說，「這麼多年來我一直珍藏著一個沒用的東西，表面上這裡面是空的，但其實裝著世界上最美好的東西。」

這時我忍不住大笑起來，真的該告辭了，我不想跟一個腦袋不清楚的老太太追根究柢。

「你不明白。」她認真的說，「四十年前，我母親將這盒子蓋上，用細麻繩捆緊，同時也將世上最甜蜜的東西——家鄉的聲音、家鄉的氣味、家鄉的景色統統裝在裡頭。自此以後，我一直沒將盒子打開過，我相信這裡頭充滿關於家鄉的一切。」

這是一只裝滿了家鄉回憶與天倫之樂的盒子，和所有紀念物相比，它無疑既獨特又不朽——相片早已褪色，鮮花也化作塵土，但家鄉的一切，卻依然在眼前那麼親近！

貝格斯太太不再盯著我，她輕撫著這珍貴的盒子，陷入回憶中。

告別貝格斯太太，我回到住所，同樣的夜晚，當我再次眺望著倫敦城，燈火閃爍，但似乎變得親切多了。我心

中的憂愁大多消失。我微笑著想到：這是被貝格斯太太那壺滾燙的茶沖淡的。我明白了，每個人離家時總會留下一點屬於家鄉的紀念，就像貝格斯太太那樣。

|作者簡介|

大衛・洛契佛特，英國作家。

浸思隨筆

作者擅長以書寫封閉壓抑、陰沉死寂的景物來營造憂傷、壓抑的氛圍，渲染「我」孤獨、煩悶的心情。

「我」因「初次遠離家鄉」而沮喪；老太太卻把一個空盒子當作是她「最珍貴的財產」、「比鑽石更貴重」，因為「四十年前，我母親將這盒子蓋上，用細麻繩捆緊，同時也將世上最甜蜜的東西——家鄉的聲音、家鄉的氣味、家鄉的景色統統裝在裡頭。」

貝格斯太太是全文的主人公，具備良好形象：觀察細膩敏銳，善解人意；既淳樸善良又熱情爽直，在言談中充分展現熱愛故土、珍視親情之心。她的工作態度撫慰了無數遊子寂寞之心。

現代人由於工作的需要，被迫遠離家鄉，追尋更美好的生活，原本是種無法擺脫的宿命，但對於故鄉與家人的懷念卻是本性，永遠深藏心中深處，尤其是生活中起了重大的變化，更是如此。因此，在筆者看來，所謂的「北漂」、「南漂」、「東漂」、「西漂」之說，毫無意義，因為漂泊他鄉極可能是一時的，內心深處永遠隱藏著家鄉的聲音、家鄉的氣味和家鄉的景色，而這些是絕不會消失的。

勢利小人

〔加拿大〕莫利·卡拉漢

　　約翰·哈考特沒想到會在書店遇見他父親。店裡熙熙攘攘，一開始他沒看清楚，不確定是不是父親，但那老人的身型、膚色、那頂褪色的圓頂帽、那件滿是補釘的大衣，引起他的注意，而此時約翰正陪著心儀的女孩來買書。

　　約翰與葛莉絲聊了一個下午，之後女孩想找本卡夫卡的小說，約翰就陪她來到書店。約翰既興奮又膽怯，雖然他們相談甚歡，但仍然看不出她對他是否也有好感。葛莉絲美麗、溫柔，一顰一笑皆是動人。她時而凝視著他，時而對他嫣然一笑。

　　約翰打算買本精裝的新書，送給葛莉絲，想在佳人面前展現自己是個慷慨大方的紳士。這時，書架的另一邊，那個戴褐色圓頂帽的老人已經轉過身子朝向他們靠近，約翰意識到，父親離他們已經近在咫尺。

　　原本輕鬆悠閒的談話逐漸變成壓低音量的竊竊私語，

好像怕被人聽到似的。約翰不安起來,感覺大好的時光即將被破壞。

書架的另一端,父親將書架上的書一本本取下翻閱著,似乎也在找書,完全沒注意到自己的兒子就在附近。待選定後,他戴上老花眼鏡,津津有味的讀起書來。他穿著連身的工作服、套著一件一堆補丁的大衣、扣子胡亂扣著、灰白的頭髮蓬鬆雜亂,這模樣在高雅的書店裡,的確顯得突兀,反而比較像馬路上的修路工。

約翰頓時燃起怒火,他真想大喊:「你為什麼穿得像個苦力似的,連來書店都不換件像樣的衣服,我跟你說過不下一百遍,出門要穿得整齊一點,媽也這麼跟你說,但你總是不當一回事,現在可好,葛莉絲就要和你碰面了。」

約翰低頭站在原地,料想到葛莉絲與父親相遇的難堪場面,他小聲說:「葛莉絲,我們去別的地方逛吧。」

「等一會,約翰,我還想在這區逛逛。」她漫不經心的說。

「現在就走吧。」

「你急什麼呀？」

「這區全是舊書，我們去新書區看看。」

「舊書也沒關係，說不定能撿到寶呢！」說完她爽朗的對約翰微笑，絲毫沒有察覺約翰的窘態。約翰總不能跟葛莉絲說，「我不希望你跟我那邊邊的父親見面。」無奈之下，約翰只好低著頭跟在她身後，暗自祈禱葛莉絲朝反方向走，因為他們和父親的距離越來越近，他偷偷的往前瞄一眼，他父親還站在原處捧著書，完全沒有要離開的樣子，看上去神情愉悅，似乎沉浸在書裡的世界。

沒過多久，他又偷偷看向父親，發現父親居然也在向他們靠近，恰好這時父親目光掃向他們，約翰急忙轉過頭去，慌忙跟葛莉絲說些無關緊要的話，他意識到父親肯定看見他們，因為父親的眼神告訴他這一點。眼下約翰只能等待即將來到的尷尬場面。

忽然，父親轉身離去，踏著大步、抬頭挺胸、頭也不回的走了。他不知道父親此刻會做何感想？

▎作者簡介▎

莫利・卡拉漢，加拿大作家。

▎凌思隨筆▎

　　最後一段寫父親「抬頭挺胸、頭也不回的走了」，表明父親瞭解兒子此時窘迫難堪的心態，但對兒子此時的表現充滿了鄙視，反映了父親自尊自愛的性格特徵。這樣的故事場景相信也曾發生在某些人身上，只是如何破解各有巧妙不同。讓人確定的是，約翰・哈考特的行為是種小惡，容易忘記、也容易獲得長輩的寬恕。

　　一般人可能比較感興趣的是，如果主角不是父子，而是母子，作者又要如何去刻畫他們的心理變化？當然也可假設「主角」變成「她」，在同樣情景中，父女或母女的心情敘述又會是如何？

簽名

佚名

　　從喬治有記憶以來，父親走路就是一拐一拐的，因為父親是個身障人士，有一隻腳是跛的，而他的生活和工作又是這麼普通，毫不出色，所以，喬治始終納悶，為何母親會和一個跛腳又平淡無奇的人結婚呢？他總覺得，因為父親的跛腳，帶給自己恥辱。

　　有一次，市裡舉行校際籃球比賽。喬治是隊裡的主將，他希望母親能前往觀賽，幫他加油打氣；在球場上，只要有母親的加油，他就能發揮出最好的實力。母親笑著說：「當然，你就是不說，我和你父親也會去的。」喬治聽罷，臉沉了下來說：「可是我只希望妳來。」母親非常震驚，「這是為什麼？孩子。」

　　他滿不在乎的說：「我想，一個殘障的人在場邊，會使整個比賽的氣氛變調。」母親略帶慍怒的說：「你是在嫌棄你父親嗎？」父親這時正好走過來，說：「我得出差

幾天，有什麼規劃，你們商量好就行。」喬治鬆了口氣，說：「爸爸，祝你一路平安！」父親慈愛的摸摸他的頭，說：「祝你能打出好成績！」

比賽結束後，喬治的隊伍經過好幾輪的廝殺拼鬥，不負眾望的拿下冠軍寶座，他為整個球隊立下汗馬功勞，大家都為喬治歡呼。

在回家的路上，喬治興奮的說個不停，母親也很替兒子高興，「要是你父親知道你贏得冠軍，他一定會放聲高歌。」

喬治不耐煩的說：「媽媽，我現在不想提到爸爸。」母親無法接受他對自己父親的態度，說：「你必須告訴我這是為什麼？」

喬治此時還沒察覺到母親的憤怒，聳聳肩說：「不為什麼，只是不想在這時提到他。」母親的臉色凝重起來，沉默了一會，說：「孩子，有些事你父親本來不讓我告訴你，可是，如果再隱瞞下去，你就永遠不知道要敬愛自己的父親。你知道他為什麼會跛了一隻腳嗎？」

喬治搖搖頭，母親面露傷痛的說：「那一年你才兩

歲，父親帶你去公園玩，在回家的路上，你左奔右跑，突然一輛汽車高速駛來，你父親衝過去把你推開，他左腳的骨頭被車輪碾碎，從此不良於行。」

喬治震驚不已，「這怎麼可能？為什麼沒有人告訴我？」母親說：「怎麼不可能，是你父親不希望你懷著內疚長大，要我們所有人都保密，絕對不能告訴你真相。」

喬治聽完，不禁哭了起來。母親說：「我認為是告訴你真相的時候了，你父親從未責怪你，當年那只是一場意外，並不是你的錯。」待喬治稍稍平復情緒後，母親接著說，「有件事可能你還不知道，你父親就是布萊特，你最喜歡的作家。」喬治驚訝的說：「你說什麼？我不信！」

母親說：「布萊特是你父親的筆名，這件事其實也是你父親不讓我告訴你的。」喬治難以置信的搖著頭。

母親嘆口氣，接著說：「或許你該去找你的老師好好談談，我想他會給你一些幫助。」喬治回過神來，把運動服塞在母親懷裡，急忙跑回學校。

老師面對他的疑問，回答道：「這一切都是真的，你

父親不讓我們透露這些，是怕影響你的成長，但我認為你母親告訴你是對的，是該讓你知道的時候了。你以前不了解你父親，但我可以說，他的確是個偉大的人，而且他非常的愛你。」

喬治激動得不能自已，一陣風似的跑回家中，父親卻不在。

兩天以後父親回來，一進門，喬治就迫不及待的說：「爸爸，我問你一件事。」父親放下手提包，笑著說：「是不是遇到什麼困難？」

他搖搖頭說：「爸爸，我只是想問你一件事。」

父親笑了，說：「別說一件，就是一百件也沒問題。」

喬治說：「爸爸，你就是大名鼎鼎的作家布萊特嗎？」

父親愣了一下，然後就笑了笑說：「孩子，你怎麼想問這個問題？」

喬治急切的說：「你得先回答我。」

父親點了點頭，說：「我就是作家布萊特。」

　　喬治拿出一本書，說：「爸爸，請你幫我簽名吧！」

　　爸爸定睛看了喬治片刻，隨後拿起筆來，在扉頁寫道：「贈喬治，生活其實比什麼都重要～布萊特」接著說：「我怎麼生活，其實比我的簽名更重要。」

　　多年以後，喬治成為一名出色的記者。每當有人請他介紹自己成功的祕訣時，他總會重複父親的那句話：生活其實比什麼都重要。

　　文中喬治參加校際籃球比賽，不想讓父親陪同，虛榮心作怪，覺得父親的瘸腿會讓自己丟臉。實際上，他的瘸腿是捨身救兒子造成的，但對兒子慈愛寬容，教子有方。

　　他踏實工作，成就顯著，但為人謙遜，淡泊名利。從他的言行中，我們發現，他認為踏踏實實的工作比追求名利更重要；溫馨的親情比名利更重要；平凡孕育偉大；生活的過程重於結果。

　　為人子女嫌棄自己父母的長相似乎並不少見，而這樣的事往往是碰觸不得的地雷區，一觸即發，常常造成不可挽回的悲劇。長相是父母給的，哪個父母不希望自己和家人都長得人模人樣，但人生有些事情就是無法選擇的。

弗利克斯回來了

〔德國〕　耶里希·凱斯特納

　　一九二一年聖誕節前夜，將近六點鐘，普賴斯家剛剛互贈了聖誕節禮物。父親小心翼翼的站在一張椅子上，身子緊貼聖誕樹，一手扶著牆壁，用他那沾溼的手指掐滅淡紅色的小小燭焰。母親在廚房裡忙碌著，她把餐具和馬鈴薯沙拉端上餐桌，說道：「小香腸馬上就熱了！」她的丈夫爬下椅子，高興的拍手，大聲對她說：「有芥末嗎？」她沒有答話，轉身取了盛芥末的瓶子囑咐說：「弗利克斯，去買芥末！小香腸快要熱好了。」

　　弗利克斯正在擺弄一臺廉價的小照相機。父親輕輕打了這個十五歲的男孩一巴掌，厲聲說道：「待會還有的是時間玩，你把錢拿著，快去買芥末！帶上鑰匙，回來你就不用按門鈴，動作快點，店鋪都快打烊了。」

　　弗利克斯拿起盛芥末的瓶子，似乎還想為它拍個照。他接過錢，拿了鑰匙就出門了。店主們都裡裡外外忙碌

著，準備收拾好鋪子回家過聖誕節。這時家家戶戶的窗戶都透出聖誕樹的燭光。

弗利克斯走過許多商店，朝裡面張望，不是準備打烊就是早就沒芥末可賣。他來到市中心，被美麗的夜景所吸引，把芥末和小香腸的事拋到九霄雲外。他沉浸在閒晃的樂趣中，以至於芥末瓶子不知不覺的從他手裡滑落，摔得粉碎，此時商家們正陸續嘩啦啦的落下了鐵門跟櫥窗，弗利克斯這才驚覺自己已經在城裡閒晃了一個小時。這麼長的時間小香腸一定早就煮熱了，弗利克斯嚇得不敢回家，沒買到芥末，還摔碎瓶子，又這麼晚回去！今天可是聖誕節前夜，偏偏要在今晚挨耳光，他受不了！

普賴斯夫婦吃著沒沾芥末的小香腸，一肚子怒氣。八點鐘了，他們開始擔心起來。九點鐘他們跑出家門，去按弗利克斯所有朋友家的門鈴。

聖誕節的當天，他們報了警。警察一連找了十幾天，音訊杳然！

他們又等了三年，仍無消無息！久而久之，他們的希望變成了悲傷跟絕望。最後，他們無法再抱有任何希望，

從此陷入了絕望的憂傷中。從這時起，聖誕節前夜成了這孤苦的老倆口最心痛的日子。每到這天，他們總是默默坐在聖誕樹前，端詳著那臺廉價的小照相機和一張兒子的相片——那是他受堅信禮時的留影，孩子穿著藍色西服，頭戴紳士帽。老倆口太愛孩子了，父親雖然有時隨手就揍他幾下，可他並不是真的發火，不是嗎？聖誕樹下每年都擺上弗利克斯昔日送給父親的那盒雪茄和送給母親的棉織手套。老倆口每年依舊吃著馬鈴薯沙拉跟小香腸，但出於忌諱，都不沾芥末，他們再也吃不出香味了！

老倆口並排坐著，淚眼汪汪，聖誕蠟燭的火焰看上去像是夕陽透進窗戶的餘光；父親每年都要叨唸這句話：「這次的小香腸可真是不錯。」

母親照例答道：「我還要去廚房把弗利克斯的那份給取來，現在我們再也等不到他了。」

有一天，弗利克斯回來了，就這樣回來了！。

那是一九二六年的聖誕節前夜，晚上六點剛過，母親照常把煮熱的小香腸端上餐桌，這時父親說道：「你有聽見嗎？剛才門口是不是有動靜？」他們屏息聽著，靜靜的

用餐。聽見有人進了屋，他們不敢回頭看。一個顫抖的聲音從身後傳來：「爸爸，買到了！這是芥末，」兩老扶著桌子站起，顫顫巍巍轉過身來，一點不假，弗利克斯手上捧著一個裝滿芥末的瓶子。母親淚流滿面，完全說不出話來。父親搖搖晃晃的走向兒子，雖然熱淚盈眶，卻故作鎮定的微笑著，抬起手就給了兒子一記響亮的耳光，說道：「去了這麼長時間！你這個調皮鬼，快坐下來吃晚餐，要是小香腸涼了，世上再好的芥末又有什麼用？」不過，小香腸曾經涼過──這倒是千真萬確的！

|作者簡介|

耶里希・凱斯特納（德語：Emil Erich Kästner, 1899-1974）德國作家、詩人、編劇和諷刺作家。他的作品包含幽默、詩歌，兒童讀物。他在1960年獲得國際安徒生作家獎，被譽為西德戰後兒童文學之父。

在現當代短篇小說裡，作者經常沒把故事講述完整，留下不少空間讓讀者參與，這篇也是如此。許多人會好奇弗利克斯走失五年期間究竟到哪裡去了？如何謀生？做什麼樣的工作？有繼續念書嗎？為什麼不想回家？讀者或許會想到這些問題，但不應該有標準答案，因為按照海明威〈冰山理論〉的說法，每個人的八分之一不會完全相同。作者給予我們相當多的思考與討論的空間。

海明威認為，故事的更深層含義不應從表面上顯現出來，而應含蓄的閃耀，留下一大片空間讓讀者去書寫。他說，小說中只顯示冰山一角，讀者只會看到水面之上的東西，但對角色的了解，卻各自根據自己的閱讀總經驗，去做不同的詮釋，永遠不會成為故事的冰山一角。這就是故事具有分量和引人入勝的地方。

專家學者對這篇作品的讀法，我們不妨有不同的想像：教育家——打罵教育的適當性；哲學家——家庭倫理；社會學家——孩童走失、棄養；食品學家——香腸加不同芥末的滋味。這些說法只是一種揣測，而一般讀者的想法更是眾說紛紜、各說各話，也顯出閱讀的多種樂趣。

作者故事情節的安排相當合理，但最令我們感動的是：父母展示了對兒子的那一份無私而深沉的愛，因為失而復得的過程是段漫長且不知未來的慘烈折磨。

鹹咖啡

佚名

　　在一個晚會上他第一次遇見了她。她很迷人，身邊圍繞著許多愛慕者，但反觀在會場中，卻沒有任何人注意到他。等到晚會結束後，他鼓起勇氣走向她自我介紹，並邀請她一起去喝咖啡，她很訝異，不過出於禮貌，她去了。

　　他們坐在一間高雅的咖啡廳。他緊張的說不出話來，而她也感到很不自在。突然，他叫來服務生，說道：「可以在我的咖啡裡加點鹽嗎？」

　　她和服務生都驚訝的看著他。他臉紅著又說一次自己的請求。鹽端上來，他往咖啡裡放了一些，並喝了起來。她好奇的問：「為什麼你要在咖啡裡放鹽？」他解釋說：「我小時候，住在海邊，喜歡在沙灘玩耍……在海邊不只海水，連風都是鹹的，就像這杯鹹咖啡。每次喝鹹咖啡時，彷彿就讓我回到童年與家鄉，我想念家鄉的味道跟家鄉的父母。」

她被他深深的感動了。一個如此思念家鄉與父母的男人，一定會是個關懷家人、保護家庭的好男人，他肯定是值得信賴的。

　　於是，她也敞開心扉，說起自己遙遠的家鄉、童年和家人，他們的愛情就這樣拉開了帷幕。

　　之後，他們常常相聚。她發現他寬容、善良、熱情而細心，這些正符合她對理想伴侶的期待。她想，若不是那杯鹹咖啡，或許就錯過了他。

　　最後，他們結婚了，幸福的生活在一起。每每給他沖咖啡時，她總會放些鹽，因為他喜歡喝鹹咖啡。

　　四十年後，他去世了，留下一封信給她，信中的內容是這樣的：

　　親愛的，請原諒我——有一個祕密，我瞞了你一輩子。還記得我們第一次約會嗎？其實我說謊了，當時我很緊張，原想要糖，卻說成了鹽。

　　當下我只好將錯就錯。其實我並不想喝鹹咖啡，許多次，我都想告訴你真相，但又擔心說出來眼前的美好會化為泡影。

　　親愛的，我並不喜歡喝鹹咖啡，但你很在乎這個，我已經學著接受它。與你在一起是我一生最大的幸福。倘若時光倒流，我希望還能和你在一起，即使這意味著終其一生都要喝鹹咖啡，我也心甘情願。

　　她的眼淚滴溼了信紙。

　　有一天，有人問她：「放了鹽的咖啡是什麼味道？」

　　「甜甜的。」她回答。

　　情侶之間有一種愛的魔力，總會為彼此做出犧牲。儘管這樣的犧牲會給付出的一方帶來痛苦，但他與她仍然感到甜蜜。

|凌思隨筆|

　　這是一篇感人肺腑、毫不煽情的小故事，平鋪直敘一段永恆的人間至愛，無心的謊言卻促成一段美好的姻緣。

　　我們也可以猜想男主角當場實話實說的結果會是如何，但如果故事這樣寫，就太乏味無趣了。人生的微妙之處，在於剎那間的不同抉擇，有時會澈底改變我們的人生。有時候，在當下根本無法判斷所做的抉擇是對是錯。

　　每個人都曾有過浪漫的時刻，不論長短。或許我們也應該來杯鹹咖啡！

麵包

〔德國〕 沃爾夫岡·博歇爾特

　　她突然在床上醒來，此時半夜兩點多。她尋思，為什麼會突然醒了。哦，原來是這樣！太安靜了，她用手摸了一下身旁，發現是空的。這就是為什麼如此安靜的原因了——沒有他的呼吸聲。她起床，摸索著經過漆黑的走廊來到廚房，兩人在廚房相遇，時針指著兩點半。她打開燈，兩人各穿睡衣互相凝視。深夜，兩點半，在廚房裡。

　　餐桌上放著一個盛麵包的盤子。她知道，他切過麵包，小刀還放在盤子旁，桌布上有殘留的麵包屑。每晚他們就寢前，她總會把桌布收拾乾淨，每晚如此，從未間斷。然而現在桌布上有麵包屑、盤子和小刀。她感到地上的涼氣慢慢傳到她身上，她轉過頭來不再盯著盤子。

　　「我聽見了聲音，原以為這裡出什麼事。」他說，並環視了廚房四周。

　　「我也聽見了聲音。」她回答，這時才發覺，夜晚的

他看起來是如此的蒼老。已經六十三歲了，肯定沒有往昔的風采，只是白天看起來還年輕些。

他看著她，夜裡看起來是真的老了，也許是頭髮的原因。夜裡女人顯老總是表現在頭髮上，頭髮使人一下子變老。

「你應該穿上鞋，這樣光著腳在地上你會著涼的。」

她沒有看他，因為不願接受他說謊，在他們結婚三十九年之後，他說謊了。

「原以為這裡出什麼事。」他又說了一遍，把視線從一個角落移到另一個角落。

「我也聽見了。不過，應該沒出什麼事。」

她若無其事的將盤子收進櫥櫃，並用手拂去桌布上的麵包屑。

「是的，應該沒什麼事。」他不安的說。

她趕緊幫他說：「大概是外面有什麼事。」

他向窗戶望去，「是的，一定是外面出了什麼事，我原以為是這裡。」

她把燈關掉，同時說著，「颱風時屋簷常常碰到牆

壁，撞的它嘩嘩亂響。」

「走，睡覺去。站在地上你會著涼的。」

兩人摸黑走回臥室，兩雙光腳在地板上啪啪作響。

「是有風，」他說，「已經颳了一整夜。」當她睡在床上時，她說：「是的，颳了一夜的風，剛才大概就是屋簷在響。」

她注意到，當他說謊時，聲音不太一樣。

「真冷，」她說，並輕聲的打著哈欠。「我可要睡了，晚安。」

「晚安。」他回答，又說了一次，「是呀，可真冷。」

不久後她聽到，他在輕聲的咀嚼。她故意緩慢的呼吸，讓他以為她睡著了，然而他的咀嚼聲，倒使她慢慢進入了夢鄉。

當他第二天晚上回家時，她分給他四片麵包，平時只有三片。

「你慢慢吃，」她起身離開餐桌。「這麵包我消化不了，你多吃一片吧。」

他沒說什麼，只是低頭狼吞虎嚥的吃著，此刻她對他

非常不捨。

「你只吃兩片麵包不夠。」他嘴裡含著麵包說。

「夠的，我晚上吃麵包消化不好。你吃吧，吃吧！」

過了一會兒，她才又在他身旁坐下。

|作者簡介|

沃爾夫岡・博歇爾特（德語：Wolfgang Borcher, 1921-1947），德國作家和劇作家，作品深受第二次世界大戰期間經歷獨裁和德意志國防軍的影響。他的作品是第二次世界大戰後德國廢墟文學（德語：Trümmerliteratur）運動最著名的例子之一；最著名的作品是第二次世界大戰結束後不久創作的戲劇《外面的人》（*Draußenvor derTür*）。

│凌思隨筆│

　　這篇作品寫的是二戰後人們在饑荒處境中的生活。先生因沒吃飽，半夜起來偷切麵包。太太驚醒之後，看到桌上的盤子、麵包屑、刀子，心知肚明，卻沒說破，反而在第二天晚上，多給他一片。先生一直低著頭，心情感受不說自明。文字不多，卻點出戰後一般百姓生活不易的實況。

　　小說中透過饑荒中妻子維持丈夫尊嚴，並為他省下口糧的小故事，不但表現了夫妻患難與共的真情，也歌頌了戰後饑荒中，人們互相砥礪、互相關愛的精神。最後妻子以謊言對謊言，更能體現她對丈夫深刻的愛。

玫瑰淚

威廉姆斯‧科貝爾

　　我急匆匆的趕往街角的那間百貨商店，心中暗自祈禱商店裡的人能少一點，好讓我快點買到給孫兒們的聖誕禮物。踏進商店一看，不禁暗暗叫苦，店裡的人比展架上的商品還多。

　　好不容易擠到了玩具區的展架前，一看價錢，有點失望，這些玩具都太廉價、太普通，我的孫兒們肯定看不上眼。不知不覺中，我來到了玩偶娃娃的展架前，掃了一眼，沒什麼值得買的，正打算離開。

　　這時，我看到了一個大約五、六歲的小男孩，正抱著一個可愛的洋娃娃，不住的撫摸它的頭髮。小男孩走向櫃檯，仰著小腦袋問：「請問我的錢真的不夠嗎？」那結帳的小姐有些不耐煩：「孩子，去找你媽媽吧，她知道你的錢夠不夠。」轉頭她又忙著應付別的顧客。那小可憐仍站在櫃臺前，抱著洋娃娃不肯離開。

我有點好奇，彎下腰，問他：「寶貝，你要把這洋娃娃送給誰呢？」「送給我妹妹，這洋娃娃是她一直希望收到的聖誕禮物。她相信聖誕老人會送給她。」小男孩說。「噢，也許今晚聖誕老人就會送給她了！」我說。小男孩把頭埋進洋娃娃金黃蓬鬆的頭髮裡說：「不可能了，聖誕老人不能去我妹妹待的地方……我只能讓媽媽帶給妹妹。」我問他妹妹在哪裡，他抬起頭，眼神更加悲傷，「她已經跟上帝在一起，爸爸說媽媽也要去了。」

　　我的心臟幾乎停止跳動，那男孩接著說：「我告訴爸爸，跟媽媽說別這麼快走，等我買到洋娃娃回來再走。」接著他拿出一張自己的照片，喃喃自語，彷彿是在對上帝說：「我想讓媽媽帶上我的照片，這樣她就永遠不會忘記我了。真的很希望媽媽不要離開我，但爸爸說她可能真的要去跟妹妹在一起了。」說完，他把頭埋回洋娃娃的頭髮裡，不再說話。

　　我悄悄從自己的錢包裡拿出一些錢，對小男孩說：「你把錢拿出來，我們一起再數數，也許你剛才沒數對呢？」他興奮起來，說道：「對呀，我的錢應該是夠

的。」我把自己的錢悄悄混到他的錢裡，然後一起數了起來，現在的錢已經足夠買那個洋娃娃了。「謝謝上帝，給我足夠的錢，」他輕聲說，「我剛剛在祈求上帝，給我足夠的錢買這娃娃，好讓媽媽帶給妹妹，祂真的聽到了。」他又說：「我其實還想請上帝再給我買一枝白玫瑰的錢，但我沒說出口，可祂知道了，現在的錢還夠買一枝白玫瑰，媽媽最喜歡白玫瑰，她收到一定很開心。」

幾分鐘後，我離開了商店。可我再也忘不掉那男孩，我想起幾天前看到的一則新聞：一個喝醉酒的司機開車撞到一對正在過馬路的母女，小女孩死了，而母親傷勢危急。我心裡安慰自己，那個小男孩應該不會與這件事有關。

兩天後，我在報紙上看到，那位年輕母親傷重不治，而我始終無法忘記商店裡的那個小男孩，我有一種不祥的預感，這位小男孩似乎跟這場悲劇有關。我實在無法不做些什麼，於是買了一束白玫瑰，來到那位母親舉行追思禮拜的教堂，我看見她躺在那，手拿一枝美麗的白玫瑰，懷抱著一個漂亮的洋娃娃和那個小男孩的照片。

我含著熱淚離開，並知道從此我的生活將會改變。

|作者簡介|

威廉姆斯‧科貝爾，生平不詳。

|浸思隨筆|

文中的「我」看不上太廉價的玩具，是怕孫兒們不喜歡，這與小男孩錢不夠買洋娃娃形成鮮明對比。「我」終於透過小男孩的故事讀懂了親情的真正價值。簡單的心靈表達便是最好的禮物，最昂貴的物品有時也不過是一種修飾，真正的感情不是金錢可以表達的。小男孩一下失去兩位親人，小小年紀就承受喪親之痛。當親人去世後，我們會百般追念他們的好處，經歷過生離死別，才能體會失去之痛，要懂得珍惜眼前所擁有的一切。

小男孩的媽媽生前非常喜歡白玫瑰，小男孩在媽媽將要離世時努力給媽媽購買白玫瑰。這凝結著小男孩對媽媽的一片愛心，表現了親情的可貴、真摯、感人。白玫瑰象徵美麗、純潔，「玫瑰淚」是指這齣悲劇中蘊含著美好向上、有價值的東西。

作者對於「我」的刻畫相當用心。他同情小男孩，為他的遭遇流淚，甚至給小男孩一些錢去買白玫瑰跟洋娃娃：「悄悄的混進」。最後甚而因此事改變生活態度。

那一天，我終於讀懂了愛

〔美國〕 卡倫·奧菲泰莉

　　那是很多年前的事了，我升上四年級的第一週，那天放學後，我沿著聯合大街向市中心爸爸的修鞋店走去。行至半路，伍爾沃斯百貨的櫥窗緊緊吸引我的目光。櫥窗正中間擺著一個紅色花呢格紋的書包。書包上那鮮紅色的塑膠握把在秋天明亮的陽光下閃爍著絢麗多彩的光芒。書包的前面是一個嵌入式的鉛筆盒，它的開口處縫合著一條有著黃色拉環的拉鍊。我把臉貼在櫥窗玻璃上，以便看清楚書包上的那兩個扣環，它們也是像握把那種鮮紅色的塑膠，被恰到好處的安裝在書包的蓋子上。

　　「如果我上學能背這樣的書包，那不就跟珍妮特一樣了嗎？」我幻想著。但我馬上告訴自己，這是不可能的，爸爸從來沒有給我買過書包。

　　想到這，我氣憤的把背上那褐色的書包摔到地上。在這明媚的秋陽下，這個皮革書包一點光澤都沒有，而書包

上黃銅扣環也是那麼黯淡，沒有一絲光彩。此刻，它就靜靜的躺在人行道上，像一頭又老又醜的母牛，橫亙在我和櫥窗裡那個紅色花呢格紋書包中間，這書包是我爸爸縫製的。

然而，無論我怎麼絞盡腦汁，也想不出一個合適的理由，對爸爸說我不想要他給我做的皮革書包，而且那個紅色花呢格紋書包還挺貴的，我們家可買不起。

第二天早上，當我去學校的時候，感到非常自卑。因為今天，珍妮特邀請我們班上所有的女孩，放學後到她家裡去喝下午茶。我從來沒有喝過下午茶，也沒有去過什麼高級的地方，更不想背著這個破書包去她家。在我們班裡，珍妮特是最受歡迎的女孩，她擁有我們每一個人想要的任何東西：一頭漂亮的金色捲髮、住在郊區的一棟高級豪宅裡、爸爸在一家大公司裡工作，當然，她也有一個我夢寐以求的紅色花呢格紋書包。

我掙扎半天，還是決定跟班上的女孩一起接受邀請，好不容易熬到放學，我們八個女孩一起來到了珍妮特的家裡。哦，這一趟真是大開了眼界，珍妮特的家比我想像的

還要華麗漂亮，看著這些豪華的裝飾跟家具，我感覺自己好像是來拜見一位公主。

珍妮特的媽媽端著一個銀製的茶壺跟一組漂亮的茶杯，幫我們倒茶，而且還有看起來非常可口又高級的餅乾。就在這時候，門開了，珍妮特的爸爸走了進來。

「嗨！爸爸！」珍妮特張開雙臂向他跑去，他沒看向珍妮特，只是心不在焉的摸摸她的頭。「哎，別把我的西裝弄皺了。」他一邊說一邊向後退去。

「對不起，爸爸。」珍妮特說，「您想見見我的朋友嗎？」

「我很忙，沒時間。」他不耐煩的說，同時，打開公事包，從裡面掏出一份報紙。

「凱薩琳，」他對著珍妮特的媽媽粗魯的問道：「我們家今天要幹什麼？」

他指的是我們。

「羅恩，」珍妮特的媽媽說：「我知道你想說什麼——不過，請原諒這些女孩們，她們是珍妮特的同學，第一次來我們家玩，所以比較興奮。」她說。

頓時，這間豪華的餐廳充斥著珍妮特父母爭吵的回音。

　　「你應該知道，我回到家需要安靜。」珍妮特的爸爸叫嚷道。

　　「我知道，但第一次有女兒的朋友來家裡玩，我認為你應該包容一下。」珍妮特的媽媽爭辯道。

　　「如果我回到家沒有一個可以好好休息的環境，又怎能指望我賺錢養家呢？這些小孩打擾到我的休息，我要她們立刻離開！」

　　接下來，珍妮特的媽媽就沒有出聲了。然後，餐廳的門「砰」一聲的關上，並且，我們聽到沉重的腳步向樓上走去，而珍妮特的媽媽則追上樓去。

　　過了一會兒，珍妮特的媽媽回到餐廳。「女孩們，非常抱歉打斷你們，」她滿懷歉意的說，「現在，請大家趕快把餅乾吃完，然後你們可以到珍妮特的房間裡去玩，等你們的父母來接你們。」

　　於是，我們只好快快的吃完餅乾、喝完茶，然後到珍妮特的房間。珍妮特的床上蓋著鑲有流蘇墜子的床罩，地

上鋪著進口的高級地毯，房間有一整面落地窗，外面還有一個大陽臺。不僅如此，她還有一臺電視、一臺音響跟好多玩具。長那麼大，我從來沒有見過這麼漂亮的房間。

看著看著，我又想起自己的房間──牆上塗著廉價且略有點晃眼的粉紅色油漆，地板上鋪著破爛不堪的油布，家具也都是二手的。我環視著這裡，幾分鐘前，我還對這一切羨慕不已，現在它們只讓我感到畏懼。

我的思緒不禁回到平常的下午，當我回家時，爸爸伸出雙臂緊緊的擁抱我，他身上的粗布圍裙把我的臉都磨疼了；想到這，我不禁伸出雙手撫摸著自己的臉頰，我又想到了那塊蘋果捲餅，爸爸每次只買一塊給我吃，而他自己卻從來都捨不得吃一口。而且，不論每天有多少鞋子要修理，他總是會抽出一些時間陪我說話，對爸爸來說，我就是最重要的人。他總是慈愛的陪著我，問長問短、噓寒問暖。

這時，我的目光正好落在珍妮特的紅色花呢格紋書包上，它正放在白色的書桌上。我情不自禁的伸出手去，滿懷羨慕的撫摸著那個漂亮的鮮紅色塑膠握把。但是，我突

然發現，它的上面布滿了一道道刮痕，不僅如此，那用來
固定背帶的鉚釘也鬆脫了。仔細想來，這個書包，其實就
像珍妮特的生活一樣，並不是那麼完美。

　　就在那一刻，我突然非常想回家，想和我的家人們一起圍坐在廚房的桌子旁，大家一邊吃著硬麵包，一邊開心的笑著、聊天……就這樣，我一邊想著，一邊焦急的等待爸爸快點來接我。

　　許多年過去，我仍珍藏著那個破舊的皮革書包。

　　愛，不是來自於銀製的茶壺——當然，也不是來自於花呢格紋的書包。更多時候，愛來自一間不大的家、來自一塊特意準備的蘋果捲餅，也來自那個親手縫製的褐色皮革書包。因為，上面的每一針每一線都是用愛縫起來的啊！

　　就在那天，我終於明白，爸爸對我的愛就像他親手為我做的皮革書包一樣，如此牢靠、如此堅韌、如此真實。

作者簡介

　　卡倫・奧菲泰莉，美國作家。

　　人的一生幾乎都免不了在「比較」中過日子，尤其是貧富差距造成的比較。

　　文中的「我」顯然家境較差，但有一位非常體貼的父親。他雖然愛她，但絕對不是溺愛，他堅持原則，自己幫女兒縫製書包。相對的，女兒乖巧懂事，在到同學家後，親眼目睹對方父親的跋扈與不耐煩，終於瞭解什麼是「真愛」。

免費

〔美國〕 雪麗·凱撒

一天晚上，我正在準備晚飯，十歲兒子走進廚房，遞給我一張紙，他在紙上寫了一些東西。

我在圍裙上擦了擦手，仔細的看了看，上面寫著：

割草：5美元

這一週整理自己的床鋪：1美元

去商店幫忙買東西：50美分

你去購物我在家照顧弟弟：25美分

倒垃圾：1美元

拿到好成績：5美元

還有打掃院子：2美元

看著他滿懷期待的站在那裡，千萬個思緒閃過我的腦海。我將那張紙翻到背面，也在上面寫下一些東西，然後遞給他：

十月懷胎生下你：免費

生病時，熬夜照顧你，請醫生為你看病：免費

多年來花在你身上的時間、為你流過的淚、撫養你長

大所付出的一切：免費

日日夜夜操心你，將來還要繼續操心：免費

教導你各種品格跟知識，供你上學：免費

給你買玩具、衣服、好吃的食物：免費

為你擦鼻涕：免費

孩子，當你把這些都加到一起時，媽媽所付出的愛都

是免費的。

看完之後，兒子的眼裡滿是淚水。他望著我說：「媽

媽，謝謝你這麼愛我，我真的很愛你。」

說著，他拿起筆在紙上寫下幾個大字：

「帳已付清。」

｜作者簡介｜

雪麗・凱撒，美國作家。

| 凌思隨筆 |

　　這位既幼稚又精明，在商品經濟的歷史潮流中，懂得「付出」與「收穫」之間存在著簡單金錢關係的孩子，天真的列出了一份要母親付款的帳單。

　　在這種情況下，媽媽如果覺得好玩，如果「一笑了之」，可能會誤導孩子，因為孩子會認為只要付出就可以講回報，特別是在經濟高度發展的今天；如果「以牙還牙」將天真的孩子狠狠的教訓一頓，這樣又可能挫傷孩子純真的心靈；如果當真付錢給「兒子」，其後果又可能將孩子培養成一個「唯金錢是論」的庸俗之人。

　　面對兒子開列的帳單，「我」如何接招？她同樣開列了一份帳單，與兒子形成鮮明對比的是，「我」的所有付出都是免費的。很顯然的，「我」的方法是高明的，讓人肅然起敬的。這份「免費」帳單不但使孩子感受到了母愛的偉大與親情的無價，而且還使孩子思考自己的責任與義務。

　　「帳已付清」四個字，活靈活現的刻畫出了孩子在這一過程中所經歷的情感和認知的變化，既反映了「兒子」的單純和無知，也折射出「愛」在孩子情感變化中所造成的強烈震撼。「母愛」這筆帳是任何人都無法算清也是無法償還的！

　　其實對孩子耐心的教育和引導遠比輕描淡寫、不屑一

顧，甚或喝斥責罵所產生的效果要強烈的多、明顯的多，
這不僅是孩子所需要的，也是父母在教育孩子的過程中必
須牢牢記住的。

　　不到千字的作品卻生動的塑造了一位具有博大胸懷、
熱愛孩子和更善於家教的母親形象，讓人過目不忘。

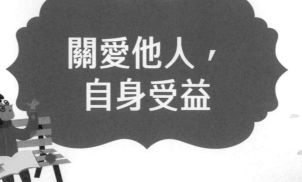

關愛他人，
自身受益

珍妮的項鍊

比利‧拉芬特

　　珍妮跟著媽媽站在超市結帳的隊伍中，她還有一個星期就滿五歲了。這個有著一頭漂亮金色捲髮的小女孩，會希望有什麼生日禮物呢？是那串放在粉紅色盒子裡的珍珠項鍊嗎？它靜靜的閃爍著柔和的光芒，在珍妮的眼中，真是美極了。

　　「媽媽，我可以買下來嗎？我真的太喜歡了。好嗎，媽媽？」珍妮拉著媽媽的手，歪著小腦袋瓜望著她，一雙美麗的眼睛充滿了期待。珍妮的媽媽拿起盒子，看了看價格，沉吟片刻後對珍妮說：「這串項鍊賣一元九十五分，如果你真想得到它，那就得多做些家事才行。你生日快到了，外婆也會給你額外的零用錢，湊足了，很快就可以擁有它。」

　　小珍妮真的好想得到那串項鍊，回到家就把存錢筒倒空，數了數，只有十七分。晚飯後，當她做完了額外的家

事後，就跑到鄰居麥克金斯叔叔那兒詢問，是否可以幫他採些蒲公英換得十分錢。

不久，錢湊足了，珍妮終於得到那串夢寐以求的項鍊。她戴上它，站在鏡子前照來照去，覺得自己長大了，可以跟媽媽一樣把自己打扮得漂漂亮亮。她幾乎隨時都戴著，睡覺時也捨不得取下來，只有在游泳或是洗澡時才不戴，因為媽媽叮嚀過珍妮，萬一把項鍊弄溼了，顏料會把她的脖子染成綠色。畢竟，那不是一串真正的珍珠項鍊。

珍妮有一位非常愛她的爸爸。每天晚上當她準備睡覺時，他總會停下手邊的事情，來到床邊給她講故事。

有一天晚上當爸爸給珍妮講完故事後問珍妮：「珍妮，你愛我嗎？」「當然愛了，爸爸。你知道我很愛你。」

「那你可不可以把你的珍珠項鍊給我？」

「不，爸爸。我不能把我的珍珠項鍊給你。但是你可以把我的『小公主』——那頭有粉紅色尾巴的小白象拿去。你還記得嗎，爸爸？『小公主』是你送給我的，你知道在所有玩具中我最喜歡它。」

「沒關係，親愛的。爸爸不會拿走你的『小公主』。晚安，珍妮，爸爸愛你。」他親了珍妮的臉頰，然後靜靜的關上門離去。

一個星期後，同樣是在講故事結束時，爸爸再問她：「珍妮，你愛我嗎？」

「爸爸，你知道我是愛你的。」

「那你把珍珠項鍊給我好嗎？」

「不，爸爸。我不能給你我的珍珠項鍊。但是我可以把我的嬰兒娃娃給你。它還很新，是我去年得到的生日禮物。你還可以把它的小床也一起拿去。」

「沒關係，珍妮，讓嬰兒娃娃陪著你吧。祝你有個美夢，親愛的，爸爸愛你。」跟往常一樣，他照常親了珍妮的臉頰，然後離去。

又過了幾天的一個晚上，當爸爸踏進珍妮的房間時，驚訝的發現珍妮坐在床上，臉頰微微抖動，淚珠無聲的落下。

「怎麼了，珍妮？發生什麼事了？」珍妮沒有說話，而是把一直緊握的小手向他伸去。當小手張開，是那串

珍珠項鍊。「拿去吧，爸爸，我願意把我的珍珠項鍊給你。」她小小的身子還在輕輕的顫抖。

珍妮爸爸的眼眶不禁溼了。他伸出一隻手拿走了珍妮的項鍊，另一隻手卻伸進自己的口袋，取出一只藍色盒子，盒子裡面裝的是一串真正的珍珠項鍊。爸爸把這串項鍊給珍妮戴上，告訴她就算是游泳或洗澡時也不必取下來了。珍妮驚訝的看著爸爸，似乎還沒弄明白發生了什麼。

其實爸爸想告訴她的是，這串項鍊已經在他的口袋裡放了很久，他一直在等待珍妮放棄那串假的珍珠項鍊，這樣才能給她真正的珍寶。

等待珍妮放棄，由此可看出爸爸對珍妮的愛不是溺愛，而是一種引導孩子成長的愛。「真正的珍寶」是讓珍妮明白父母的愛比物質更重要。

｜作者简介｜

比利・拉芬特，生平不詳。

浸思隨筆

　　文章的最後一段已經點出這篇作品的部分主旨。當然我們瞭解這是西方人教導孩子的一種方式，它需要耐心與時間。我們很好奇，如果是東方家庭，做父親的要如何處置這件事。世間諸事沒有絕對的對或錯，凡是好的就值得學習。

零錢

〔美國〕 威爾

　　當面試的老闆翻看他的簡歷時，喬·巴斯托恩坐在那裡，盡可能讓雙腿不要發抖。他知道有些紀錄對他不利，但只能在心裡默默祈禱，別讓那些紀錄被讀到，畢竟是聖誕節了。

　　威斯科特先生停下來，抬起頭問道：「巴斯托恩先生，這裡說你曾經因為竊盜被判刑入獄，不久前剛剛服刑期滿，是嗎？」

　　喬感到喉嚨乾澀、胃部收縮，他知道接下會是什麼結果，他無力的說：「是的，但是……那是有原因的，請聽我解釋……」

　　「任何事都是有原因的，巴斯托恩先生，」威斯科特先生打斷他，「然而我們是家庭生意，不需要增加人手，祝你早日找到工作。這年頭，大家都不容易。」

　　「我知道。」喬把想說的話吞回去，站起來跟威斯科

特先生握手。威斯科特先生親自送喬到門口，好像怕他順手牽羊似的。

喬緊閉著嘴脣，不知道該怎麼跟阿貝說，今年沒能為她買份聖誕禮物，因為沒人願意雇用他，之所以沒有人願意雇用他，是因為兩年前他為了能讓家裡買些煤炭取暖，在工作的地方偷了一百美元，現在說什麼都沒有用。阿貝只知道爸爸今年沒給她買聖誕禮物。

走到威斯科特的店門口，喬還想再努力一下。他對擋在門口的威斯科特說：「求求你，今天是聖誕節，我有一個八歲的女兒……」

「很抱歉，巴斯托恩先生。」威斯科特揮了揮手，打斷他的話，「你應該知道，沒人會相信一個小偷說的話。」

喬看了四周，威斯科特剛才說得很大聲。還好，周圍只有兩個人，一個穿著大衣的人快速走過，還有一個老乞丐正從對面的公園走過來。

喬大聲說：「但我已經改過向善了，為什麼不肯給我一個機會？」可是，威斯科特逕自關上了店門。

開始下雪了，喬拉起他的衣領，把手插進大衣口袋

裡，走向對面的公園，跟那老乞丐擦肩而過時，老乞丐對他微笑了一下。

喬也回了一個苦澀的微笑，突然，老乞丐問道：「先生，請問你可以施捨我一點零錢嗎？我想買杯咖啡暖暖身子。」

喬在他的口袋裡摸索了一會兒，他的左手沒摸到什麼東西，但右手拿出了幾分的硬幣。

喬把那些硬幣放入老乞丐的手中，苦笑著說：「我只有這麼多，祝你聖誕快樂！」

老乞丐說：「年輕人，也祝你聖誕快樂！」

老乞丐走到對面，進了威斯科特先生的店，喬把手放回口袋裡，繼續向前走。剛才那個穿大衣走過的人正在人行道邊跟一個老婦人說話，這時，喬在地上看到一個錢包，撿起來發現裡面有幾張信用卡和幾百美元。他瞬間欣喜若狂，這些錢足夠給阿貝買聖誕禮物、一大堆玩具，甚至是一輛單車。

不行，如果阿貝知道他把撿到的錢包據為己有會怎麼看他？喬陷入了天人交戰，喬在錢包裡的一張證件上，確

定錢包是屬於那個穿大衣的人。

喬確實偷過錢，但他不是壞人，那時是被情況逼急了，擔心天冷家裡不夠暖，阿貝身體會挨不住。

那個穿大衣的人結束和老婦人的談話，又開始往前走了，腳步還是那麼快。

喬一咬牙，趕忙跑上前，喊道：「先生，我想這是你掉的錢包。」

那人停下來，轉過身，摸了摸口袋，說：「那是我的錢包，真是太感謝你了，你真是個好心人。」他接過錢包，立刻打開清點裡面的財物。

喬沒有等他清點完就走了，突然，他看到珍尼斯牽著阿貝走過來，阿貝一看到他就伸開雙臂向他跑來。

喬抱起她，眼眶卻溼了，「聖誕快樂，孩子，我很抱歉，沒有為你買什麼禮物。」

阿貝笑得很開心，她撒嬌的說：「爸爸，媽媽說來接你回家，這就是最棒的禮物。」

喬愧疚的看向珍尼斯，想確認這一切是不是真的，珍尼斯溫柔的說：「喬，我們回家吧。」兩行熱淚從喬的臉

頰上流下。

　　回家後，鄰居麥克來敲門，喊道：「喬，有你的電話，是一個叫威斯科特的人，說是有要事找你。」

　　喬跟著麥克到他家，困惑的拿起電話：「喂？」

　　「巴斯托恩先生，如果你願意，明天來上班吧。」威斯科特先生在電話另一頭說道。

　　「我當然願意，威斯科特先生，謝謝你肯雇用我，不過，可以請問你為什麼改變心意嗎？」喬心中同時湧出了驚喜與疑問。

　　「是我跟我爸爸喝的那杯咖啡。」

|作者簡介|

　　威爾，美國作家。

作者以「是我跟我爸爸喝的那杯咖啡」結束全文，出乎喬的意料，也出乎我們的意料，從而使整個故事的情節顯得跌宕起伏，令人回味無窮。

全文架構依然不離Surprise Ending（意想不到的結局）。或許我們會猜想，老乞丐、老婦人、穿大衣的人都是威斯科特先生事先安排的。

爬樹的男孩

〔英國〕尼古拉斯・保羅

　　夜深人靜時，偷偷的爬上那棵高高的猴麵包樹，這是拉瓦一天中最期待的時光。可惜，美好的時光總是短暫的，僅僅只是兩、三分鐘，便會聽到一聲熟悉的口哨聲，有人來了，他必須以最快的速度回到營房。

　　「看到了什麼？」剛剛躺下，安德列便拖著瘸腿湊過來問道。拉瓦不想回答，但安德列就是那個吹口哨的人。兩人約定，拉瓦每天爬上樹冠看看周圍，看看遠方，下來之後再把看到的風景告訴放風人，也就是安德列。三年了，兩人還算默契不錯，在這座死寂的集中營，每天都有人因絕望而自殺，他們卻因為那棵猴麵包樹而充滿希望。

　　「我們就要自由了，等著吧！」

　　安德列粗糙的手在拉瓦頭上撫摸，要不是因為拉瓦是黑人，連安德列自己都會覺得眼前熟睡的少年就是自己的兒子。當然，拉瓦是不會明白安德列的心情的，更不會想

到安德列是戴高樂將軍欽點的間諜。他並不是被抓進來，而是肩負特別使命，潛伏在這片草原深處進行偵察。

那棵猴麵包樹就像一個夢想，恰好座落在集中營的中央。白天時，很多納粹士兵坐在樹底下休息，這讓拉瓦恨得牙癢癢。只有到了晚上，他才覺得那棵樹屬於自己。

可惜，連安德列也沒想到，夢想會突然破碎。那天晚上，他吹了好幾次口哨，可是拉瓦就是不肯下來，直到聽到一陣急促的腳步聲奔來，他知道，出事了。

拉瓦畢竟是個孩子，熬不住接二連三的酷刑，便一股腦兒全說了出來。但安德列只是笑笑，即使兩塊火紅的烙鐵貼在他的雙頰上，他也沒吐出一個字來。

本以為必死無疑，沒想到卻絕處逢生。半個月後，盟軍發起了大反攻，因為安德列提供的準確情報，納粹的軍隊很快就潰敗，整座集中營安全獲救。

安德列傷得很重，但令隨軍醫護人員感到奇怪的是，哭得最傷心的竟是一個黑人男孩。毫無疑問，這男孩就是拉瓦。在安德列昏迷的日子裡，他一刻都沒離開他的「搭檔」。儘管醫生開玩笑的跟他解釋：「只要掛上水瓶（打點

滴），一定能起死回生，你就放心吧。」可是，拉瓦就像聽不懂一樣，雖然一臉驚愕，卻依舊沒有離開半步。

當遠處的戰火聲逐漸平息，安德列終於睜開了眼睛。可是，拉瓦卻不見了，幾個醫生都非常好奇的詢問安德列，那個黑人男孩到底是誰？為何突然消失？他去哪兒？安德列陷入沉思，良久，才吐出三個字：「跟我來。」

在安德列的帶領下，醫生們再次來到集中營。順著安德列的手指，他們看到，那棵猴麵包樹的半個樹冠已經不見了，樹葉也是稀稀落落。顯然，在兩軍交戰中，它遭到砲火轟炸，在烈日下已經奄奄一息。

但這跟拉瓦有什麼關係？隨行的醫生面面相覷，卻聽安德列一聲口哨，樹幹上便探出了一個腦袋，正是拉瓦。他手裡拿著一個醫院的點滴，正奮力往樹頂爬去，安德列則是拖著瘸腿往前掙扎奔去，也不知是為了那棵猴麵包樹，還是樹幹上的男孩。

| 作者简介 |

尼古拉斯·保羅，英國作家。

| 凌思隨筆 |

文中的安德列和黑人小孩拉瓦是整篇故事的主角，但不能忽略猴麵包樹在故事中的作用。

拉瓦利用夜色作掩護，偷偷爬上猴麵包樹，看到不少新鮮事，安德列則利用拉瓦搜集情報。那棵猴麵包樹就像一個夢想，它恰好座落在集中營的中央。猴麵包樹讓拉瓦和安德列感受到生存下去的希望，所以作者多處寫到這棵樹。

猴麵包樹是安德列和拉瓦合作行動的場所：在集中營殘酷的環境中，他們將渴望自由、嚮往未來的夢想寄託到這棵樹上；猴麵包樹被砲火炸得奄奄一息，拉瓦異想天開，竟然試圖用醫生治療安德列的方法想救活它。

故事情節與猴麵包樹緊密相連，這是一篇感人的戰場故事。

磯鷸帶來歡樂

〔美國〕瑪‧謝‧希爾伯特

　　這片海灘離我的住處約有三、四英里。每當我心情不佳，感到煩躁時，就驅車上那兒去。

　　我第一次和她在海灘上相遇時，她大約六歲。當時她正在堆沙堡，看到我來，抬起頭望向我，那雙眼睛像大海般深邃、湛藍。

　　「您好！」她說。我只是點點頭，實在是沒心思去注意一個小孩。

　　「我要蓋房子！」她又說。

　　「你想蓋什麼樣的房子呢？」我隨口問問。

　　「不知道，我就是愛撫摸沙子。」

　　這倒有趣，我索性脫掉鞋子，讓雙腳踏著沙子。驀地，一隻磯鷸翱翔而過，孩子見了，說：「那是歡樂！」

　　「是什麼？」我一時不能理解她的童言童語。

　　「是歡樂，磯鷸能帶來歡樂，媽媽跟我說的。」

那隻褐色的鳥兒在沙灘上盤旋，不一會兒就飛得好遠好遠。

「再見，歡樂。」孩子天真爛漫的揮手跟鳥兒道別，然而我沮喪的心情在孩子的愉快氣氛中顯得格格不入，我穿上鞋，準備離去。

「您叫什麼名字啊？」看來她還沉浸在「歡樂」中。

「露絲，」我回答，「我叫露絲·彼得森。」

「我叫溫蒂，今年六歲，」孩子說道。

「你好，溫蒂，」我敷衍的回應。

「能認識你真好。」看著她天真的笑臉，我也笑了起來。轉身離開海灘，她那清脆悅耳的笑聲依然迴盪在我耳邊。

「您下次再來，我們可以一起玩沙子!」她興奮的呼喊聲，從背後傳來。

之後的幾個星期，我累得半死，幾乎沒有休息，管理一群橫衝直撞的童子軍、參加教師和家長的座談會，還要照顧生病的母親。

一天上午，我忙完家務，外頭風光明媚，突然有個衝

動，彷彿接收到海濱的召喚：該去看看磯鷸了。走在沙灘上，海風襲來，陣陣寒意逼人，我仍大步向前，終於可以享受一個人的安寧靜謐。我早就忘掉那個孩子，所以當在沙灘跟她重逢時，著實大吃一驚。

「您好，彼得森太太！」她說，「您想一起玩嗎？」

「你想玩什麼？」帶著一絲厭煩，我敷衍回問。

「我不知道，您說吧。」

「填字遊戲怎麼樣？」我故意給她出個難題。

「我不知道那是什麼。」她笑著說道，笑聲依舊如此的清脆動聽。

「你住在哪兒？」我連忙岔開話題，此時接近正午，陽光刺眼，這才注意到她的臉色幾近蒼白。

「那邊！」她用小手指向遠處一排夏季避暑的小別墅。我感到納悶。現在是寒冬，誰會來避暑啊？

「你在哪上學？」

「我不用上學，媽媽說我們在度假。」

我們在海灘上信步而行。一路上聽著她嘰嘰喳喳的童言童語，我內心卻被各樣重擔壓得難以喘息。當我要回家

時，溫蒂說，她今天很快樂。奇怪的是，當下我的心情突然變得舒坦多了，於是，我發自內心的微笑同意。

三個星期後的某一天，各樣的打擊讓我變得精神恍惚，抓狂似的衝向那片海灘，溫蒂依舊熱情的向我打招呼，但我根本不想理她，快步而行。我瞥見一個女人站在別墅的門口，似乎是溫蒂的母親，真希望她把孩子留在家裡，不然就是送去學校，別老是來煩我。

誰料溫蒂上氣不接下氣的追上了我，她那張小臉蛋似乎顯得更蒼白，幾無血色。我氣沖沖的說：「我今天想要獨自一個人，請你去別的地方玩。」

「為什麼？」她問。

我的情緒再也壓抑不住，大聲吼叫著：「因為我的母親死了！你別來煩我。」同時卻又在內心問自己：天哪？我為什麼要遷怒一個孩子？

「噢，」她靜靜的說，「看來今天不好。」

「是的，還有昨天、前天都不好，走開！」

「那會痛嗎？」

「什麼？」我對她發怒，也對自己發怒。

「你母親死的時候？」

「當然痛啊！你一個小孩，懂什麼？」

我快步走開，把她晾在後頭。事後回想，才明白是我誤解了她的話。

大約一個月後，我又回到海灘。這次卻不見溫蒂的蹤影，我內心感到深深的愧疚，想為那天的發火跟她道歉。走遍海灘，四處空無一人，我走到那棟小別墅前，鼓起勇氣敲門，來應門的是一個年輕婦女，面帶憂傷與淚痕。

「您好！」我說，「我叫露絲‧彼得森，請問溫蒂是您的孩子嗎？我很想念她。」

「是您，彼得森太太，請進來。溫蒂常常提到您。我想我對她太縱容了，一直讓她打擾您，請您接受我的道歉。」

「不，不，她是個善良的孩子，我很喜歡她，」這是真心話，「她在哪兒呢？」

「溫蒂上星期過世了，這孩子有遺傳性的白血病，可能她沒跟您提過。」

她的話像是晴天霹靂，頓時我呆若木雞，簡直無法相

信這一切。

「她很喜歡這片海灘，在這裡身體顯得好多了，度過一段她稱做『快樂的日子』。但是，幾星期前，她的病情快速惡化了……」她的聲音哽咽，「她給您留下了一件東西，我這就去找，請您等一下好嗎？」

我呆呆的點了點頭，急切的思索著，想要找出一些話來安慰眼前這位痛失愛女的母親，但心彷彿被掏空一樣，一句安慰的話都想不出來。

她遞給我一個信封。信封上寫著幾個孩子氣的粗筆大字：彼得森太太，信封裡面裝著一張色彩鮮豔的鉛筆畫──金色的沙灘，碧藍的大海，還有一隻褐色的鳥。畫的下方寫著：

磯鷸帶來歡樂

剎那間，我的淚水如潰堤一般，湧流不止，我那幾經創傷、幾乎忘卻怎樣去愛的心扉，現在豁然敞開。我緊緊抱住溫蒂的母親，「真難過，真難過，我太難過了。」我

一遍又一遍的說著，我們倆靠在彼此的肩膀上放聲大哭。

　　如今，這幅珍貴的畫被我裱框起來，掛在書房裡，向我傾訴著真摯的愛，揭示了內心的寧靜和勇氣。這是一個孩子的禮物，一個有著大海般湛藍的眼睛和沙灘般金黃色頭髮的孩子，是她，教我怎樣去愛，怎樣去生活。

|作者簡介|

　　瑪·謝·希爾伯特，美國作家。

在文中，我們知道，作者心情不好的時候，就往海灘跑，去抒解心中的鬱悶。她並不瞭解溫蒂的身體狀況，甚至亂發脾氣，雖然小女孩帶來一些安慰。最後小女孩因病過世，作者才恍然大悟：「是她，教我怎樣去愛，怎樣去生活。」成人對抗生活中諸般不如意事情的力量，甚至不如一個久病不癒的小女孩。

多莉姑姑的帽子

〔美國〕賈桂琳·克萊門斯·馬倫達

　　在我小時候，曾對三件事情堅信不疑：我的家人都愛我、每天早上太陽都會升起、我的歌聲很美妙；尤其是最後一件事，因為當全家一起聚會時，我總是會高聲歌唱，所有人都會鼓掌稱讚我的歌聲。所以當凱薩琳老師宣布要在聖誕節當天舉辦一場合唱音樂會時，別提我有多興奮了。

　　凱薩琳老師對全班同學說：「歌唱是我們向上帝表達愛意最好的方法，有沒有人想要參加呢？」班上同學都迫不及待的舉手。老師接著說：「在開始練習前，老師想先聽聽每個人唱得如何，想獨唱的同學請站在鋼琴右側，想參加合唱的同學請站在鋼琴左側。」

　　在老師還沒走到鋼琴之前，我就第一個站到了鋼琴右側。她給我幾支曲子，我選了我們家最喜歡唱的《當愛爾蘭的明眸微笑時》（When Irish Eyes Are Smiling）。老師

彈琴伴奏，而我用嘹亮的歌聲向全班演唱，可是唱沒兩、三句就被老師打斷：「謝謝你，賈桂琳，你唱到這邊就可以，換下一位同學。」

當我回到座位時，看到有些同學在竊笑，難道我做錯什麼了嗎？

獨唱的名額很快就滿了，而我沒被選中，接著老師聽了每位同學的試唱，將聲音接近的人排在同一個聲部，最後只剩下我孤零零的一個人。

當其他同學開始練習時，老師把我叫到她的面前，溫和的對我說：「賈桂琳，你聽說過『音盲』這個詞嗎？」

我搖搖頭，「意思是一個人發出來的聲音跟自己認為的不一樣，」她拉著我的手說：「這不是你的錯，親愛的，你仍然可以參加音樂會，在大家合唱時，你只要做出唱歌的嘴型就可以，但不要真的唱出聲音，你明白我的意思嗎？」

「我明白。」我非常難過，放學後我沒有馬上回家，而是直接坐公車去了多莉姑姑家。在我眼裡，沒有任何事情能夠難得倒她。她自己一個人生活、參加過狩獵遠征

隊、被艾森豪總統接見過、吻過克拉克·蓋博（好萊塢著名男星），最近還打算去環遊世界。她一定有辦法解決我「音盲」的問題。

多莉姑姑給我端來餅乾和牛奶。「我該怎麼辦？」我抽泣著說。「如果我不能唱歌，上帝會以為我不愛祂了。」

多莉姑姑的手指在桌上敲著，眉頭皺在一起，最後她眼睛一亮。「有辦法了！我把帽子戴上！」

帽子？它能幫我解決「音盲」這個大問題嗎？她那棕色的眼睛盯著我，忽然壓低聲音：「賈桂琳，我得透露一點天使的祕密，但首先你得發誓不會告訴任何人。」

「我發誓，」我低聲說。

多莉姑姑抓著我的手說：「當我在梵蒂岡聖彼得大教堂祈禱時，曾聽到旁邊座位上一個人的祈禱，他也是個音盲，擔心上帝聽不到他的歌聲。那裡的神父悄悄告訴他，一小塊鋁箔就可以解決這個問題。」

「我不明白。」

「你只要在心裡默默的唱出讚美詩，透過鋁箔的反

射，天使就能捕捉到這些聲音，把它們收到特製的袋子裡，然後獻給上帝。這樣上帝就能聽到你和同學們一起唱讚美詩的美妙歌聲了。」多莉姑姑一臉嚴肅的說。

雖然聽起來有點不可思議，但我相信神聖的天使是能夠做到的，況且多莉姑姑是不會騙我的。

「那我把鋁箔藏在哪裡呢？」

「藏在我的帽子裡，」多莉姑姑說。「我會坐在音樂會的前排，你默唱的歌聲就會透過帽子裡的鋁箔反射到天使那裡，記得，這是你跟姑姑的祕密，要對其他人保守這個祕密。」

聖誕節那天，全家都去看我演出。我緊緊盯著多莉姑姑的帽子，根本不管其他人是不是有聽到我的聲音，我沉默的歌聲是專門唱給上帝聽的。音樂會非常成功，多莉姑姑誇獎我的演唱有「奧斯卡等級的水準」。

四年前多莉姑姑去世了，享年九十歲。葬禮結束後，家族的晚輩聚在一起，共同追憶這位令人尊敬的姑媽。我們驚訝的發現，她的「天使帽子」曾經幫過許多人。一個口吃的外甥盯著她的帽子，完成了自己首次登臺演講；一

個膽小的姪女勇敢的參加學校的話劇演出，並在拼字比賽中獲獎，就因為多莉姑姑戴著帽子坐在前排。她讓我們相信天使就在我們身邊，幫助我們完成許多自以為不可能的任務。

　　直到現在，我童年時的堅信依然沒有改變：我的家人都愛我、每天早上太陽都會升起、在那個難忘的聖誕夜，我擁有最美妙的歌聲。

| 作者簡介 |

　　賈桂琳・克萊門斯・馬倫達，美國作家。

多莉姑姑為什麼深受晚輩的愛戴？因為她總在孩子們最需要幫助的時候，及時伸出援手，而且她的方法十分實用，絕對不會傷害孩子的自尊心。

人並非完美，都有缺陷，只是多寡之分而已。多莉姑姑教他們一招，避開自己的缺點，講白一點，教他們懂得「藏拙」，不要逞能。這並非做假，只是不想凸顯自己不及之處，免得他人笑話。這個招術絕無傷人之意，比較實用。

馬貝街的故事

〔美國〕威爾瑪‧懷斯

　　雅各‧里茲和他的妻子伊莉莎白及兩個女兒——凱特和克萊拉，住在紐約市郊的一棟小房子裡。這棟小房子如同坐落在一塊色彩斑斕的巨大畫布上，各式各樣的鮮花在廣闊起伏的田野，像夏夜的繁星一樣熱烈的盛開著。

　　雅各在市區裡的一家報社工作，每天早上他都要乘渡船進市區。

　　因為工作關係，他有機會走遍紐約的大街小巷。他曾看過許多不同的人、事、物，像呼嘯而過的消防車、滑稽的街頭馬戲團以及盛大的遊行隊伍……等，雅各會根據自己的見聞寫成一則則的報導，每天都會有許多人在報紙上讀到雅各的文章。

　　每天，雅各返家都會經過一條髒亂、黑暗、狹窄的街道——馬貝街，整個紐約裡沒有比它更糟糕的社區，馬貝街兩旁全是殘破失修的房屋，裡面住滿全紐約最貧窮、最

弱勢的居民。

　　雅各對馬貝街的狀況早已寫過不止一篇報導，他呼籲政府跟市民應該把馬貝街的舊房子拆掉，重建新房子，給居民一個安全的家，還應該蓋一個可以讓孩子玩耍的公園，路燈更是早該豎起。

　　「工程太浩大、沒有足夠的經費跟人手、馬貝街的居民應該自行處理、施工會影響周圍的交通……」數不清的理由被訴說著，但是一切還是老樣子，什麼改變也沒發生。

　　直到那天，雅各遇到亞伯特，一個住在馬貝街、和母親相依為命、之前因採訪而認識的男孩。「你媽媽的病有好點嗎？」雅各問道，「她還是很虛弱嗎？」

　　「是的，」亞伯特說道，「但有在慢慢恢復了。」

　　「太好了，我建議你，這個時候，」雅各說，「可以採些鮮花送給你媽媽，因為病人看到生機勃勃的鮮花會感到舒服些。」

　　「是嗎？」亞伯特懷疑的問。

　　雅各肯定的點點頭。

「那我會採來給媽媽。」亞伯特說，「只是我不知道花長什麼樣子，從來沒看過。」

「什麼，你沒看過花？」雅各震驚的說，「可是只要到公園或郊區，到處都是花啊！」

「我沒有離開過馬貝街，」亞伯特低下頭說，「媽媽身體不好，沒辦法帶我去別的地方。」

於是雅各拉著亞伯特一起坐下來，詳細的告訴他，花到底長什麼樣子。

他說：「有的花氣味芳香，而有的卻沒有任何味道。花通常有花瓣，形狀千變萬化，圓的、橢圓的、扁的、捲的，而且花跟葉子不同，葉子通常是綠色，而花有各式各樣的顏色，有的紅似火焰、有的藍似天空、有的比雪還白，還有許多其他的顏色，花真是世界上最美麗的東西。」

當雅各說完的時候，亞伯特仍然相當困惑，他皺著眉頭說：「我大概知道花是什麼樣子，真希望有一天能親眼看到，摸一摸，聞一聞。」

雅各離開了馬貝街，在接近家門前，凱特和克萊拉望

見爸爸歸來，高興的飛奔過去，撲向他懷中。

在和女兒一起走回家的途中，雅各看著路旁的田野，鋪滿那些平時不會引起他注意的花朵，這些安靜的小精靈在絢麗的晚霞中，隨風搖曳著。

他想起亞伯特，拉著女兒的手，告訴她們有一個男孩叫亞伯特，從來沒有離開過馬貝街，一個從來沒有見過花朵的孩子。

聽完之後，兩個女兒沉默了。

第二天，凱特和克萊拉早早衝出家門，奔進廣袤的田野，盡其所能的採花，集成一大捧鮮豔芬芳還帶著露水的花束。

她們將這捧花束交給雅各，「我們是為亞伯特採的，」她們氣喘吁吁的說，「那個從未見過花的孩子。」

當亞伯特看到這些花時，很久很久沒有說出任何一個字。

雅各輕聲問道：「你不喜歡？」

「不，我太喜歡了。」亞伯特抬起頭，眼神裡透露出極大的興奮，難以置信的搖搖頭，「想不到世界上竟有這

麼美麗的東西。我要把這些花拿給媽媽看，這肯定會讓她感覺舒服些。」

另一些馬貝街的孩子剛好經過，他們也沒看過花。好奇的問是否可以仔細看看、摸摸，並聞聞這些花朵，所有的孩子都被這些美麗的小精靈給震驚住了。

有一個小女孩輕撫著柔軟的花瓣，是如此美麗，令人感動，竟忍不住哭了起來，大顆大顆的淚珠落在這美好而安靜的花朵上。

那天，雅各為報社寫了一篇關於馬貝街的孩子與花相遇的報導。他把印好的報紙帶回家給妻兒們看，她們都替亞伯特和馬貝街的孩子感到高興。

那天晚上，許多人讀到雅各寫的文章，他們——男人和女人、老人和孩子、木匠和商人——都為馬貝街的孩子們感到難過。

於是，他們紛紛一大早就走進田野、郊區、森林、山坡甚至山谷，盡可能採了許多的鮮花——就像凱特和克萊拉做的事情一樣。

有人乘著火車、有人搭著渡船、有人坐著馬車，更

多的人徒步走來，人們手裡都捧著剛採下的鮮花。他們把一大捧又一大捧的花束放在雅各的報社，都說同一句話：「請把這些花帶給馬貝街的孩子們。」

不久，報社就被花朵堆滿，雅各望向窗外，不斷有人捧著各式各樣的鮮花來到這裡。

雅各弄來一輛運貨的馬車，把鮮花一趟又一趟的帶到馬貝街，給每個居民、每個孩子、每個母親跟父親們。

給完所有人後，還有許多鮮花，於是，人們就把花擺在每一個窗檯上、放在每一扇大門前、塞進每一個信箱裡、拋到每一棟房子的屋頂上，每一個角落和縫隙，都充滿了花。

從屋頂到地面，整條街上的每一棟房子，都被花朵給包圍。那天，馬貝街成了紐約市裡最漂亮的一條街！馬貝街的每個人連續好多天都徜徉在花海裡。

雅各把這些事寫成了報導，許多人讀到後深受感動。在感動之後，他們開始想：「我們必須為馬貝街做點什麼。」

在往後的幾十年裡，雅各隨著歲月成了一位老人，凱

特和克萊拉也長大成人，各自成家立業，他們一起見證馬貝街的變化：年久失修的老房子被推倒，新房子出現在原來的位置、一座美麗寬闊的公園被建成，孩子們可以盡情在其中玩耍、路燈也豎起，馬貝街再也不黑暗。

　　但是，沒有任何事情使雅各像多年前的那一天如此的感動：在那天，有個叫亞伯特的男孩第一次看到鮮花；在那天，馬貝街的孩子們第一次聞到花香；在那天，有個小女孩滴下眼淚，僅僅因她手裡撫摸著柔軟的花瓣。

| 作者簡介 |

　　威爾瑪‧懷斯，美國作家。

　　或許有人讀完這篇故事後，不敢相信世界第一大都市竟然還有如此不堪入目的角落。其實每座都市都有破敗之處，只是有沒有被挖掘出來而已。

　　熱心的雅各以漸進的方式去改變馬貝街的環境，因為有了花，所有的居民開始懂得美的感覺，參與整個社區的改造。一個人的心力是有限的，但只要有心發動，產生的力量往往會超越常人的想像。

　　雅各單純送花的善行感動了許多人，也改變了長久活在「無花世界」的居民，更因簡單的送花而改變整條街的模樣，以及長久生活在其中生活的人們。也許「行善不欲人知」的想法落伍了，我們當然不需敲鑼打鼓大肆宣傳，但還是應該盡量利用媒體報導，宣揚人間之愛。

　　這是一個溫情滿人間的感人故事，希望有一天也能讓臺灣每個角落充滿了美麗動人的人性之美的繽紛鮮花。

被騙

〔俄國〕米哈伊爾‧扎多爾諾夫

　　不斷有計程車呼嘯而過，卻沒一輛肯停下來，我快凍僵了，這時要是有車能快點送我回家的話，付雙倍車錢我也心甘情願。突然，有一輛計程車像從地下冒出來似的停在我面前，我趕忙衝向前去，還沒碰到門把，司機就從車裡下來，打開副駕駛座的門對我說：「請上車！您凍壞了吧？」

　　「什麼？」我身子不自主的向後退了一下。

　　「我說，請您快上車吧，」他笑著說，「我已經打開暖氣，要是還覺得冷，我再給您一條毯子裹在身上。」

　　我仔細觀察眼前這輛車，頂燈、車牌、標誌、顏色都有，的確是輛計程車。「我要去切爾塔諾沃，那地方挺遠的！」我猶猶豫豫的說。

　　「遠就遠吧！」司機又溫柔的一笑，「乘客要去哪裡，我就載他去哪裡，快上車吧。」

我忐忑不安的鑽進了車裡。

「如果您同意的話，我們抄近路吧。」司機說。

「不用，」我心裡保持警戒，「走原本的大路就好。」

「好，您別緊張，稍作休息吧，」司機不好意思的笑了起來，「就照您說的走。」

身體漸漸暖和，收音機裡傳來蕭邦的樂曲，但我的心情一點都沒有放鬆下來。「為什麼他那麼極力的邀我上車，還打算走這條人煙稀少的路？」我把手提包緊緊的抱在胸前，「我應該坐在後座，那樣至少比較安全。我可是有老婆的人，還有一對雙胞胎！」

司機首先打破沉默：「您喜歡蕭邦的哪首曲子？」

「什麼？」我正在懊悔上他的車，一時沒反應過來，為了不讓他發現我的異樣，趕緊隨口回答，「我都喜歡，您呢？」

「我喜歡這首『降E大調夜曲』，是蕭邦二十一首夜曲中的第二首。」司機回答。

「他說這些到底想幹嘛？」我一聽心裡更害怕，腦海

中幻想著可能發生的各種危險，「想跟我多要點小費？還是想跟我推銷東西？」，司機則興致盎然的講個不停，似乎對蕭邦的樂曲如數家珍。講著講著，居然還說起我聽不懂的英語，過一會他才又改回說俄語。

「他怎麼會知道這些？」我心裡想，「一個開計程車的有那麼多時間讀這些東西嗎？肯定沒有！誰有時間呢？在哪讀的？難道是……」，腦子裡瞬間靈光一閃，「監獄！在那裡有的是時間！他是個逃犯！所以他才刻意這麼熱情，讓人別懷疑他。他肯定是把真正的司機打暈，搶了車出來搶劫，等搶夠錢就逃到國外去。聽說，這種事常發生，肯定是的！還學了英語，看來他在監獄裡待了肯定不下十年。罷了罷了，我自認倒楣吧！錢都給他，只要他不傷害我就行了！」

「到了！」我正想得入神，司機突然停車。

我看了看窗外，確實是家門口沒錯，而且計價器上顯示的車費也比以往少很多。「他就要動手了！」想到這，我馬上把身上所有的錢都小心翼翼的遞過去，然後馬上就去開車門，想盡快逃出去。可是車門怎麼也打不開，而這

時街上正好一個人也沒有，就我們倆……

　　「先別開門，」司機溫柔的說，「我還沒……」

　　「我身上沒錢了！就剩下幾條香腸……」我害怕的說著，拿起手提包擋在胸前。

　　「我還沒找錢給您。」司機打斷我的話，把多餘的錢放在我懷裡。然後下了車，繞到我這邊，打開車門說：「目的地到了，謝謝您的搭乘！祝您晚安！如有不周之處，敬請見諒！」

　　我戰戰兢兢的下了車，呆立在人行道上，而司機一派輕鬆的走回車上，準備離開。我被騙了！可是到底是怎麼被騙的？我不知道。正在發楞時，有一個人朝車子跑了過來，急匆匆的問：「司機，有到莫斯科去嗎？」

　　司機照樣走下車來，給他打開車門。「您好！請上車吧！」

　　那個人瞬間為難起來，不知如何是好，看了我一眼，但還是鑽進車裡。又有一個人「被騙」了！但我的心情卻隨之輕鬆了起來。

|作者簡介|

　　米哈伊爾・扎多爾諾夫，俄羅斯諷刺作家。他的小說常常採集生活中的細節進行加工，將其以更加幽默荒誕的手法表現出來，通過簡單情節來挖掘人性當中醜惡的一面。

　　全文表現手法在於描寫「我」的心理活動，以內心獨白為主：自問自答，多用短句、感嘆句，強化了「我」的猜疑戒備的心理，並渲染烘托了「我」的緊張害怕心理，對下文作了鋪陳。

　　現代社會人與人之間缺乏信任，熱情周到的服務反倒引起和招來猜疑戒備，像「我」這樣的人在當今很多，作者意在批評對別人過於戒備猜疑的人，揭露人性醜惡的一面，呼喚善良、信任與關愛。但如果換一個角度來思考，「害人之心不可有，防人之心不可無」也同樣是正確的。如何拿捏事之輕重固然重要，但可能要更懂得如何察言觀色。

鼓手的遭遇

〔波蘭〕斯拉沃米爾·姆羅熱克

我熱愛我的鼓，我用一條結實的帶子繫著鼓，將它掛在胸前。鼓槌早已被手掌的汗水磨得光亮。我總是背著鼓，不停的敲打，發出雄壯的咚咚聲。因為我的雙手已不屬於自己，而是屬於這面鼓。一旦鼓沉默下來，我就會覺得渾身難受。

一天傍晚，正當我精神抖擻在擊鼓時，將軍走到我面前。他衣著不整，一件短袖襯衫，扣子沒扣，袒胸露懷，搭配一條短褲。他跟我問好，乾咳了一聲，接著便讚揚起國家和政府來，最後隨口問道：「你擊鼓從不歇息嗎？」

「是的！」我高聲回答，同時敲得更起勁了。「為國爭光！」

「很好，你做得很好。」他點點頭表示贊同，但顯得有些憂心。

「你打算一直敲下去嗎？」

「是的，將軍同志，只要我還有一絲力氣，就不會停下！」我興奮的回答。

「噢，有你的，小夥子！」將軍誇獎我說，同時伸手抓抓頭髮。

「你會這樣敲多久呢？」

「一直敲到死！」我自豪的說。

「嗯，嗯……」將軍感到驚詫，他沉默了片刻，似乎在思索著什麼，隨後又換了話題。

「已經很晚了。」他說。

「晚只是對敵人而言，絕不是對我們。」我大聲叫嚷道，「明天屬於我們！」

「你說得很好。」將軍表示同意，但聲音似乎有點惱火，「我指的是時間已經很晚了。」

「戰鬥的時刻已經來到！我們的戰鼓將不停的發出雷鳴般的響聲，將軍，您可以信賴您的鼓手！」我懷著身為一名鼓手的激昂情懷，振臂高呼起來。

「我們的軍隊會為你感到驕傲。」將軍有點兒酸溜溜的說。他的身子微微顫抖了一下，因為夜幕已經降臨。

「是的，我們的軍隊會感到驕傲。我們不會停滯不前，因為我們要進軍，夜以繼日的進軍。我們每前進一步……」

「我們每前進一步，都伴隨著勝利的鼓聲！」我脫口而出，一邊使勁的擊鼓。

「喔，這，這……」將軍囁嚅的說，「是的，確實是這樣。」說完，他朝自己的帳篷走去，留下我獨自一人。但是，孤獨感更增強了我作為一名鼓手的責任感和犧牲精神。「將軍，你走了。」我心想，「但是你知道，你忠誠的鼓手還在警醒著。你的額上已經出現了一道道犁溝似的皺紋，直至夜晚依舊殫精竭慮的在思考戰略部署，你和我，將一起迎接黎明與勝利的曙光。」這種對將軍的愛戴之情，這種為事業而獻身的熱忱滿溢我的內心，我竭盡全力把鼓敲得更急、更響。夜已深沉，我用全部熱情，懷著一個偉大的理想，獻身於光榮的事業，只是在鼓槌敲打間歇的時刻，我聽見將軍帳篷裡傳來輾轉反側的聲音，似乎有人寢不能寐。在將近午夜的時候，身穿睡衣的將軍，再次出現在我面前。

「你還要繼續敲下去嗎？」他的聲音有點嘶啞。在這夜深人靜的時候，他還來關心我，真是令我感動，果真是戰士的慈父啊！

「是的，將軍！只要我一息尚存，就不會停止擊鼓，我的天職和我們為之奮鬥的事業要求我這樣做，我保證戰鼓長鳴！」

將軍咬了咬牙。我以為，這是他感到冷的緣故。後來，他低聲說：「好，很好。」說完，就走了。

很快，我就被捕了。巡邏隊包圍了我，摘去掛在胸前的戰鼓，從精疲力竭的手中搶走鼓槌，營地裡一片寂靜。他們之中的一個人告訴我，逮捕我是將軍的命令，罪名是暴露我軍位置！

此刻，天色已經發亮。迎接黎明的是一陣響亮的鼾聲，當我被押解走過將軍的帳篷時，聽見了這響亮的鼾聲。

|作者简介|

斯拉沃米爾・姆羅熱克（波蘭語：Sławomir Mrożek）是波蘭當代著名的荒誕派作家、劇作家、漫畫家、插圖畫家。他的作品擁有廣大的讀者和觀衆。

|凌思隨筆|

小說中的鼓手直率真誠，對自己的事業充滿熱情，熱愛國家，有責任感，但他不會用心觀察，不懂得理性思考，盲目的熱情會妨害他人。

一個人做事，光有熱情和激情是不夠的，沒有用心觀察感受，欠缺理性分析思考，極有可能會妨害到別人。鼓手用他全部的熱情，懷著一個偉大的理想，獻身於光榮的任務（其實這些都是口號式的語言）。但是他忽略了將軍出現在他面前時的穿著，忽略了將軍「已經很晚了」的反覆提醒，更沒有理性的分析休息不好會影響整個部隊的作戰。

人與人之間相處，真誠坦率特別重要，不能因為面子問題而說一些違心的話。小說中的將軍只是想希望鼓手能停下擊鼓讓他休息，但是礙於他是將軍的身分，每次總是對鼓手頻頻表揚，言不由衷。極具諷刺意義的是最後抓捕鼓手還冠以一個「暴露我軍位置」的冠冕堂皇的理由，足見其死要面子和虛偽。

關愛他人，自身受益

121

一件運動衣

〔美國〕馬克‧哈格

康威老先生叫我去他家一趟。

我到他家，老先生叫我把一雙舊鞋送去給城裡的吉特勒先生修理。我們是鄰居。康威先生年事已高，行動不便，幫他跑跑腿、做點事是應該的。

就在我等老先生把鞋脫下來的空檔，一輛小轎車剛好經過，一位先生帶著一個男孩下車，想借點水喝。我被男孩身上的紅色運動衣給吸引住。這是我看過的最漂亮的一件運動衣，正面印著一隻藍色、仰著頭、有一對大角的馴鹿。

男孩看上去跟我差不多年紀，正喝著水，康威先生的兩隻小狗圍著他轉，咬著他的鞋帶，男孩放下水壺，和小狗們玩了起來。我不禁上前詢問，這件運動衣哪裡有賣、價格多少。他告訴我，城裡商店的貨架上全是這種運動衣，一件只要三美元。

他們離開之後，老先生已經將舊鞋用報紙包好，並交

給我一元四角五分，對我說：「對不起，孩子，我只有這點錢，希望足夠修理的費用。」

他叮囑我：「告訴吉特勒先生，快點把鞋修好，我坐在門口等你回來。」

回到家，我腦子裡想的全是那件紅色運動衣，問媽媽能不能讓我買這件運動衣，她答應了並給我買衣服的三美元。

進城後，我先到商店裡，馬上就買了這件紅色印有大角馴鹿的運動衣，結完帳我立刻穿上，心裡充滿了自豪。

在吉特勒先生的鞋店裡，我將鞋子放在櫃檯上。他檢查了一下，然後搖搖頭說：「鞋底全壞了，這雙鞋沒法再修了。」

我夾著那雙舊鞋走出鞋店，準備回去跟老先生說這個壞消息。

我走著走著在街角停下腳步，想像著老先生赤腳坐在門口，盼著我回來，眼前這雙破舊的鞋子，可能是他最親近的東西了。

我轉身又回到買運動衣的商店，問店裡有沒有適合康

威先生穿的鞋子。

「我記得那位老先生，他來過幾次。」店員和顏悅色的說，「他想要雙軟點的皮鞋，店裡還有幾雙。」她轉身拿出一個鞋盒，盒子上的標價：四元五角。

「我用身上這件運動衣再加上一元四角五分買下這雙鞋，可以嗎？」

店員沒說什麼，她拿來一雙長筒襪子，一起放進鞋盒裡。

我脫下那有著大角馴鹿的運動衣放在櫃檯上，抱著新的鞋盒走出商店。

我回到康威先生家，對老先生說：「吉特勒先生說你的鞋沒法修理，鞋底全壞了。」

老先生聲音平淡的說：「那就算了，把鞋放在這兒，我還能再穿一段時間。」但我感覺到老先生眼神中的失望。

我打開鞋盒，將那雙嶄新的軟皮鞋放在康威先生的懷中，他那雙大手拿起鞋，不停撫摸著，淚水從臉頰流下。他起身，從枕頭下面拿出一件紅色的運動衣，上頭印著一

隻藍色、仰著頭、有雙大角的馴鹿。

「我早上看你一直盯著這件運動衣。當那父子二人打獵回來時，我用一隻小狗跟那個男孩換了他的運動衣……」

| 作者簡介 |

馬克・哈格，美國作家。

┃凌思隨筆┃

　　這是一篇作者用心鋪陳的感人故事。文中的「我」幫無助的老先生到鎮上修鞋。兩人同時看到跟父親去打獵那個男孩身上的紅色運動衣。老的看到小的眼睛露出的羨慕模樣，心中有譜。孩子先回家跟母親拿了三美元，再去店裡買了運動衣。等修鞋店老闆告訴他，老先生的鞋子無法再修了，他拿著新運動衣和那雙破鞋在街角站了一會兒，決定把運動衣退回，加上老先生託付一元四角五分，幫老先生買了一雙新皮鞋（店員也沒計較少了五分，還多送了一雙襪子）。故事高潮一老一少等於在交換禮物的場面，令人感動。

　　這是一篇真正傳達「老吾老以及人之老，幼吾幼以及人之幼」精神的好作品，不需多加詮釋。希望寶島處處洋溢著這種精神。

走出舒適圈，
勇於改變

看不見的盛宴

〔美國〕馬克・馬托賽克

　　攝影師約翰・道格戴爾（John Dugdale）正在給我拍照。他歪著頭，身體向前微傾，一絲不苟的用相機捕捉我側面的影像，我坐在離他約一公尺的椅子上，地點是約翰在紐約格林威治的工作室裡。房間裡堆滿著各式各樣的古董、不同型號的相機和約翰的攝影作品。

　　很難相信這麼多令人讚嘆的照片，皆是由一個幾乎完全失明的人所拍攝的。

　　約翰得過數次嚴重的疾病，包含：腦中風、卡波西氏肉瘤（Kaposi sarcoma）和CMV視網膜炎（巨細胞病毒視網膜炎）。十年前，CMV視網膜炎幾乎奪去他全部的視力。眾人皆認為他的攝影生涯到此為止了。

　　但這並沒有把約翰擊倒，他發誓要成為世界上第一個盲人攝影師。

　　但其間的困難遠遠超乎想像。某個下午，在紐約州北

部的一個農場，這是他重病後第一次拿起相機。

「當時我站在農場的草地上，試圖拍攝一張照片。我用一個放大鏡，靠著僅存的少許視力，奮力的調整焦距。」約翰告訴我，「但我不是被相機的腳架絆倒，就是撞倒相機，每次當我好不容易調整好焦距，光影早就改變，一切只能從頭再來，一次又一次，始終拍不出來，這讓我感到無比的沮喪、傷心和絕望。」

太陽下山的時候，約翰再次整個人面朝下摔倒在地，他把臉埋進土裡，開始痛哭。他全身上下到處都是草屑、泥土跟灰塵，那一刻他真想挖個洞把自己埋進去算了。

約翰的朋友將精疲力盡的約翰扶回屋內，在沙發上，約翰靠在朋友的肩膀上，號咷大哭。朋友說：「好好哭吧，我會陪著你的。」最後，哭乾眼淚的約翰叫朋友幫他拿來一部相機。拿到相機後，約翰重新靠在朋友身上，然後按下快門。這張照片創造了一種意想不到的美，就像聖母懷抱受難的耶穌，約翰把這張照片命名為「人類起源」。

這張震撼人心的照片完全不同於約翰以往的作品，這

成為不久後約翰舉辦個人攝影展的焦點，使他從商業攝影師的身分迅速躋身世界級藝術家的行列。從那時候起，他開始專研古典攝影與美術攝影，他對古典拍攝技法的掌握與純熟，諸如：鉑金攝影（Platinum Print）（注1）、氰版藍晒攝影（Cyanotype）（注2）等，使他與維多利亞時代的攝影大師：朱麗亞·瑪格麗特·卡梅隆（Julia Margaret Cameron）齊名，並且收到了世界各地的收藏家和博物館的邀請。直至一九九五年，約翰已經舉辦超過二十五次的個人攝影展，但他依舊笑稱：「我最好的作品還沒有誕生。」

　　在黑暗中追求美的瞬間，在混沌中創造藝術的盛宴，使得這個出色的攝影師獲得了恢復心靈健康的回程車票。「生活就是學會接受某些難以接受的東西，」約翰說，「使它最終變成對你有意義的事情。如果你一味逃避它，它只會毀了你。如果你不斷糾纏於為什麼會這樣，你就會完全迷失自己，你的一生將不會再擁有美好的時光。」

　　「一旦我們能正視生命中的磨難，改變的機會就會降臨，就像核能，如果使用得當，就能造福人類。」約翰

說，「磨難也一樣，它是我們人生的一場大火，要麼冶煉成金，要麼化為灰燼。」

　　毫無疑問，今天的約翰・道格戴爾在思想與性情上已經得到了極大的昇華，這種昇華比他的視力更加珍貴。他說：「光明來自內心。眼光和視力是兩碼子事。有時候我想，如果老天說可以讓我復明，但必須失去我成長的一切，我寧願放棄。」

注1：鉑金攝影（Platinum Print）：鉑金攝影是古典手工攝影工藝中的一種，以鉑金屬為主要感光材料，用鉑金攝影法拍攝的作品具有永久的保存性以及獨特的質感。
注2：氰版藍晒攝影（Cyanotype）：是一種古老的顯影技術。由於感光劑含有「氰」，故稱為「氰版」，過程必須以陽光照射，最終呈現藍色影像得名。

|作者簡介|

　　馬克・馬托賽克，美國作家。

　　文章講述殘疾者如何發揮潛能、昇華思想，這一點值得健康的我們去深思一番。「生活就像學會接受某些難以接受的東西，使它最終變成對你有意義的事情。如果你一味逃避它，它只會毀了你。如果你不斷糾纏於為什麼會這樣，你就會完全迷失自己，你的一生將不會再擁有美好的時光。」這段話適用於許多處於困境無法自拔的人。沒有人會相信盲人可以成為名攝影師，但約翰做到了，全靠意志力達成。他是「光明來自內心」這句話的最佳證人。

全世界只有一個你

佚名

　　我小時候最喜歡到爺爺的農場探險，農場位在賓夕法尼亞州的西部，那裡靠近阿帕拉契山脈。農場四周是綿延幾英里的石牆，古老的農舍和穀倉給我這個城市男孩帶來了無窮的快樂時光。在都市隨時得保持整潔，到這裡可以盡情的打滾、爬上爬下、東碰西碰、跟農場的動物們玩。

我永遠不會忘記那個下午。那年我八歲，第一次去爺爺的農場，那些古舊、斑駁的石牆深深吸引著我，有股衝動想爬上那些石牆。可是，父母跟長輩們是絕不會同意的。這些石牆年久失修，有的石頭不見、有的石頭鬆動、有的石頭倒塌。然而，我想攀登這些石牆的渴望非常強烈。那是個春天的下午，我鼓足勇氣，走進客廳，大人們午飯後都聚在這裡。

「呃，我想去爬那些石牆，」我猶豫的說道。大家都抬起頭。

「我能去爬那些石牆嗎？」女人們馬上叫了起來，「天哪，不行！」她們驚慌的叫著，「弗雷德，你會受傷的！」我並沒有太失望，早預料會是這樣的結果。

但還沒等我離開客廳，爺爺低沉的聲音攔住我，「等一下，」我聽到他說：「讓弗雷德去爬那些石牆吧，他必須自己去闖一闖。」

「快去吧，」爺爺對我眨眨眼，「爬回來後，跟我分享你的心情。」接下來的兩個半小時，我爬上了這些古老的石牆，別提有多快樂。

後來，我把自己的冒險經歷告訴了爺爺。他說的話深深印在我心裡，「弗雷德，」他咧著嘴笑道：「你做了一回自己，生命的這一天因此而變得不同凡響。永遠記住，全世界只有一個你，而且我喜歡真實的你。」

　　限制孩子太多會不會扼殺孩子的好奇心、創造力？按照紀伯倫的說法，孩子不是你自己的，你是弓，他們是箭。他（她）終究有一天必須踏出家門，去外面的世界闖一闖，學習如何待人處事、如何保護自己，不能自我設限，永遠活在自我感覺良好的空間，成為父母的累贅。

　　文中的爺爺走在時代的前端，孫子一輩子感謝他的成全，一個下午就擴大了孫子的無限視野與胸襟。

個人的善行

傑米・溫希普

「企業的投資對開發中國家固然重要，但不要忘了，只有個人的善行才能真正改變這個國家每個人的命運。」

臺上的演講者以這句冠冕堂皇的話結束了主題為「東南亞的商機」的演講。說實話，演講者的學識淵博以及對國際市場的透澈分析令我折服。然而他最後所講的那句話，未免有些不切實際，感覺是在裝腔作勢。

他只是一個穿著筆挺西裝的西方人，到這個貧窮國家的五星級飯店滔滔不絕的發表一番演講而已，哪有做出什麼「個人的善行」呢？

從臺下聽眾漠然的表情來判斷，這種想法並非我一人獨有。

第二天，我搭乘一輛計程車在這東南亞的城市遊覽。車子經過一個破敗的街區，到處都是一座又一座的垃圾山。我搖下車窗，好看清楚這只有在電視上才能見到的悲

慘景況，但撲鼻而來的臭味讓我不得不關上車窗，催促司機趕緊離開。在經過另外一處情況略好的路段時，不遠處也有一座垃圾堆成的小山，一名衣衫襤褸的婦女帶著兩個孩子，在蒼蠅飛舞的垃圾裡拾荒，嘴裡還嚼著剛剛找到的食物。

這名可憐的婦女和她的孩子讓我生出一種無可奈何的情緒。「個人的善行，多麼高貴又動聽的字眼！可是，在這一家三口的處境前，這樣的字眼顯得多麼蒼白無力……」我在車裡一邊看著車外，一邊這樣想著，更加感到頭天晚上那名演講者所說的話是何等荒誕可笑。

大約一年半之後，我重返這座城市。在西方舒適的環境中過了一年半載，我幾乎完全忘記那名婦女和她的孩子。只是在計程車經過同一地點的時，猛然想起那可憐的一家三口。眼前的這個街區似乎就是我當初見到的，但看上去比以前乾淨些。

我告訴計程車司機，大約一年半前我在這裡看見一名婦女和她的兩個孩子在垃圾裡找東西吃。

「哦，你說的是依布‧拉妮。」司機回答。

於是，我向這位司機打探她現在的境況。

「我載你去看看。」

計程車在堆積如山的廢紙盒和舊報紙之間穿行，然後停在一間小木屋旁，屋子後面堆滿了空瓶子和生鏽的鐵罐。

「她應該在這裡。」司機指著小木屋說。

「這就是她住的地方？」我猶豫不決的走出車子，問道。

「不，」司機笑著說：「這是她的辦公室，她家在孩子學校附近。」

「辦公室？」我非常驚訝，「她不是窮得沒東西吃，怎麼會有辦公室？」透過車子的後視鏡，我看見司機忍不住的笑起來。

「那是以前，後來有一個外國人教她可以收集廢棄品賣給回收公司，他還帶回收公司的人來跟她見面，讓她知道哪些廢棄品可以賣錢。這些事我一清二楚，因為那個外國人頭一次看到依布·拉妮在垃圾堆裡找東西的時候，正好就在我的車子裡。瞧，他們在那兒。」

順著司機指的方向望去，我頓時愣住了。不遠處站著的正是我在一年半前見過的那名婦女。只不過，如今她穿著工作服，臉上充滿著自信，簡直變了一個人，而站在她旁邊、穿一件舊外套、手裡拿著一疊舊報紙的人，不是別人，正是那名我曾以為裝腔作勢的演講者！

　　那一瞬間，我為自己曾經的不智感到深深的慚愧，甚至無顏打擾他們，便匆匆的離開了。

　　此後，我在這個東南亞國家一待就是七年，我時時刻刻銘記著那位演講者的教導，並且身體力行。我那小小的善行或許未必能改變多少人的命運，但我確信自己被改變了很多，如今的我，再也不認為「個人的善行」是不切實際、荒唐可笑的笑話。

| 作者簡介 |

　　傑米・溫希普，生平不詳。

┃凌思隨筆┃

　　工業革命後，世界簡單的被分成「已開發國家」、「開發中國家」和「未開發國家」等。本文中開始時演講者和「我」顯然來自第一類國家，兩人出現在第三類國家時，演講者在臺上講得一副非常願意伸出援手來協助眼前這個不進步的國家，「我」不相信，認為他只是口號型的人，說說而已。沒想到，一年半後他舊地重遊，發現演講者說話算話，而且身體力行，「我」感到慚愧，也投入協助該地的人。

　　全文在於強調「行善必須以實際行為展現，不能光說不練」。

野狼的呼喚

〔加拿大〕 比昂卡·卡亞

在一個遙遠的國度，有一年冬天，天氣特別寒冷。人民去向國王訴苦：有一群凶殘的野狼襲擊了他們村莊，吃掉了牲畜和家禽。國王馬上召軍隊中最優秀的勇士，命令他們去消滅這群凶殘的野狼。國王說：「等明年春天你們回來的時候，我將邀請你們中功勞最大的那個人和我共進晚餐。」

勇士們聽了都躍躍欲試，他們都想成為那個唯一受到邀請的人。他們不顧冰雪和嚴寒，爭先恐後的出發了。他們在漫天大雪中追尋野狼的蹤跡，轉眼就到了第二年春天，勇士們陸續的回來了。第一位勇士，他滿身傷疤，一隻胳膊還用繃帶吊在胸前，一條腿也斷了，拄著拐杖。他對國王說：「陛下，我的功勞應該是最大的。我孤身和狼群搏鬥，雖然沒能全部消滅牠們，但也打死了許多隻野狼。你看，在搏鬥中，我的右臂和左腿都負傷了。」

國王正為這位勇士唏噓不已時，第二位勇士回來了。他肩上扛著一具野狼的屍體。他對國王說：「陛下，我擊殺了狼群中狼王，將牠的屍體帶回來獻給陛下。俗話說：擒賊先擒王，我一箭就射中牠，其他的野狼不戰自潰，四散奔逃。我的功勞應該是最大的。」

　　國王說：「恭喜你，勇士。」這時他看到又一位勇士回來，身邊跟著一隻安靜的野狼。國王問他：「你做了什麼呢？」

　　那位勇士說：「陛下，當我的同伴在追殺野狼時，我所想的是，只要還有一隻野狼沒被殺死，就會有村莊受害，所以我希望可以找出長治久安的方法，首先我花了一段時間仔細觀察狼群的生活，與其說牠們很凶殘，倒不如說牠們很飢餓。這個冬天異常寒冷，野狼的食物變得非常稀少。牠們之所以侵略陛下的土地，危害人民跟家畜，是因為牠們找不到足夠的食物。所以我就每天給野狼帶去一些食物，逐漸把牠們引離陛下的土地。我把牠們引到了一個山谷裡，那裡的氣候比較溫暖，食物也足夠，山谷中還有一條沒有結冰的溪流，讓狼群有水喝，我想牠們不會再

回來侵略陛下的土地了。」

國王又問：「那你身邊跟著的這隻野狼是怎麼回事？」

勇士回答：「牠救過我的命。在高山上，我不幸遇上了黑熊的攻擊，多虧有這隻勇敢的野狼仗義相助，我才可以活下來。」

國王因此認定最後這位勇士的功勞最大，邀請他晚上赴宴，但這位勇士拒絕了，他說：「陛下，我已經得到最好的回報，這隻野狼已經成了我的朋友。我們彼此友好不再是敵人。今後我會仔細照料牠的生活，而不是依靠武力去強迫牠、征服牠，而牠也尊重我，視我為夥伴。」

有時外在的威脅是虛幻的，牠們只是自己內心深處恐懼的反應和表現，在我們的內心深處也同樣生活著野狼。我們除了去殺戮，或許還可以選擇傾聽和馴服，把我們心中的野狼變成夥伴。這是一個比爭鬥更加光明的選擇，能獲得雙方的和諧與友愛。

|作者簡介|

比昂卡・卡亞，加拿大作家。

|凝思隨筆|

最後一段文字就是一種分享，也同時讓我們想起莫沃特（Farley Mowat, 1921-2014）的《與狼共度》（*Never Cry wolf,1963*）。二次大戰後，加拿大政府派他到北部凍原地帶考察狼與馴鹿大量減少的關係，目的是為大規模屠殺狼群獲取證據和理由。他用近兩年時間在冰天雪地裡與狼共度，摸清狼群習性，得出是人類而非狼群造成馴鹿數量驟減的結論，同時寫成著名的《與狼共度》。

這本書引起全世界關注，扭轉人們長期以來對狼的錯誤看法。在表現人、動物、環境的關係中，突破以人類為中心的沙文主義，克服傳統行為慣性，批判人類在開發自然的過程中的霸主態度和殖民行為。它使讀者在激動喜悅和增進知識的過程中，自然而然步入迷人的動物王國。

他筆下的狼不再是人類主觀意識的定形類型，而是超越假說和偏見的鮮靈生命：牠們的理性超過動物本性，牠們的社會行為高於本能行為。牠們情感豐富，不需要人類畫蛇添足的注入世俗情感。莫沃特的感嘆：「狼使我認識

了牠們，也使我認識了自己。」這是具有普遍意義的人類自省反思的一種聲音。

　　像第三位勇士這樣的處理辦法，用於日常的待人接物中，是一種很好的方法，可以團結大多數人，事實上大多數人也確實可以成為我們的朋友。

　　然而，在個人身上能夠成功發揮良好作用的某些方法，如果上升到國家和民族的高度，可能就會變成謬論了。影視節目中常見這種情節：「某高僧堅守不殺生」的信念，結果面對外族強敵時，於事於人都沒起到什麼好作用。

臺階上的天使

〔美國〕李威

在一個陽光明媚、鳥聲啁啾的早晨，當「阿本」把新鮮的牛奶送到我堂兄家時，不似往常那麼愉快。這個一向開朗的中年男人看起來沒什麼和人閒聊的心情。

我們全家來到加州的科爾馬鎮，至今不過幾個星期。在找尋合適新家的期間，我和丈夫、孩子們一直借住在我堂兄的家裡。

當阿本將牛奶從貨車上搬下來的時候，終於面帶慍怒的說出事情的緣由。原來，有兩個客戶沒付錢就離開鎮上，他不得不自掏腰包賠償牛奶公司。其中一個欠了十元，但是另一個卻積欠了七十九元，並且沒有留下地址，阿本覺得自己非常愚蠢，居然允許客戶先行賒帳。

「她是個美麗的女人，」他說，「有五個孩子，第六個也快要出生。她總是說：『等我丈夫找到工作，就會付錢給你。』我竟然相信她的話。真是太可笑了！原以為是

好心幫忙，其實只不過被人利用我的同情心罷了。」

聽完當下，我能說的只有：「親愛的朋友，我很遺憾。」

當我再次看到阿本時，他氣得簡直要抓狂，一講到那些喝光他牛奶的孩子時，氣得頭髮都豎起來。

阿本離開以後，我思考著如何能幫助他恢復以前平靜的心情，回想祖母常說的一句話：「當別人拿走你的東西時，你就當作是送給他們的，這樣你就永遠不會感覺自己受到掠奪。」

下一次，阿本送牛奶來，我告訴他，有個辦法可以使他感覺好受一點。

「除了對方還錢，不然還有什麼辦法？」他沒好氣的說，「不過說來聽聽也無妨。」

「聖誕節快到了，你可以把這些牛奶當作聖誕禮物，送給那個婦人和她的孩子們。」

「你開什麼玩笑？」他生氣的回答，「我甚至沒送過我妻子這麼貴的禮物。」

「《聖經》上說：『我是個旅者，而你接納了我。

（I was a stranger, and you took me in.）』你只是接納了她和她的孩子們。」

「你怎麼不說他們騙我？你能這樣想是因為這七十九元不是你的。」

我不再說什麼，但仍然相信這是個正確的建議。

每當阿本來時，我們都會開開玩笑。「你還有給她牛奶嗎？」我笑著問。

「不會了，」他反駁說，「不過我正在考慮送一件七十九元的禮物給我的妻子，除非另一個美麗的母親又想利用我的同情心。」

每當我又問一次，他都好像就變得輕鬆一點。

然後，聖誕節前六天，那件事終於發生了。阿本來的時候，臉上散發著以往的開朗跟笑容。他說，「我說服自己把牛奶當作聖誕禮物送給她，這不容易，但我還是做到了。」

「太好了，相信你一定會有個快樂的聖誕節。」我真替他高興。

「我的想法改變後，感覺好多了，是我使那些孩子們的麥片粥裡可以加入新鮮的牛奶。」

兩個星期後，依舊是一個陽光明媚的早晨，阿本興沖沖的跑來：「有一件好消息。」

　　因為臨時代替另一個司機送牛奶，阿本行經另一條路線。在他上車準備離開時，聽到有人叫他的名字，透過後照鏡，看到一個婦人正向著貨車跑過來。

　　正是那位有很多孩子、沒有付帳的婦人，她懷中同時還抱著一個用小毛毯裹著的小嬰兒。

　　「是阿本嗎，請等一下。」她喊道，「我還有牛奶錢沒付給你。」

　　阿本走下貨車。

　　「我很抱歉，」她滿是歉意的說，「我一直想付你錢。」她解釋說，他們全家為了節省開銷，搬到這區一間租金比較便宜的公寓，她的丈夫也找到一份新工作，舉家搬遷忙得昏頭轉向，忘了給阿本新家的地址。

　　「我已經有一點積蓄。」她愧疚的說，「這裡是二十元，至少先還你一部分，之後會再補上剩下的牛奶錢。」

　　「不用了，太太，」阿本微笑著，「已經有人幫你付清了。」

「付清了？」她驚呼，「誰付的？」

「我。」阿本發自內心的自豪與喜悅。

她感動得哭了，彷彿阿本是天使加百列，那位替上帝把好消息傳達給世人的天使。

「那麼，」我問，「後來呢？」

「當下我也哭了，想到那些孩子喝著有新鮮牛奶、熱騰騰的麥片粥，我內心實在是無比的喜悅，真高興你之前給我的建議。」

「你沒拿那二十元？」

「當然沒有，」阿本像個孩子般雀躍的手舞足蹈起來，「我是把牛奶當作聖誕禮物送給她的，不是嗎？」

「是的，一點都沒錯！」我不住的點頭，眼眶泛淚，很難想像幾週前他還為這些牛奶錢大發雷霆。

突然間我明白一個道理，其實每個人的心裡都有許多臺階，尤其是當你處在煩惱、悲傷和充滿怨恨的時候，那些高聳的臺階阻擋你站在一個更寬廣的視角來看待生命的美麗。

然而，當你一旦鼓起勇氣跨越障礙，你就會明白真正

的快樂源於寬容和幫助，你也成了照亮他人生命、帶來祝福的天使！

| 作者簡介 |

　　李威，美國作家。

走出舒適圈，勇於改變

159

┃浸思隨筆┃

　　阿本第一次聽到「我」的勸告，仍在怒火之中，根本聽不進去。然而隨著時間的流逝，他慢慢體會那些話的真意，學會了放下，也找到了「下臺階」，最後完全釋然。

　　最後的轉折更展現為善的力量。阿本因為獻出愛心而心情不再悶悶不樂，恢復從前的模樣，本文的最後一段就是最好的浸思隨筆。一點沒錯，真正的快樂來自寬容和幫助，但是要真正能夠寬容和幫助他人，常常是知易行難。或許需要一段時間去自我沉澱，才能做到。

天鵝的誕生

〔美國〕蓋伊·芬雷

在一個遠離都市的鄉村，匯聚許多優秀的藝術家，眾多美麗的藝術品從此地誕生。有位年輕人對這個藝術之都慕名已久，渴望向這些藝術家學習他們成功的祕訣，直到某一天，他終於有機會拜訪這個鄉村，抱著朝聖的心情而踏上旅途。

在旅館安頓好後，年輕人迫不及待的走進鄉村的中心，首先映入眼簾的是一個繁華的露天市集，藝術家通常會在市集中展示他們的作品。然而，目光所及的藝術品皆非上乘之作，這讓年輕人頗為失望。

他繼續往前走，把熱鬧的市集甩在身後，來到一個靜僻的街區，突然，他聽到像是敲擊石塊的聲響，循聲而行，發現聲響是由一個小庭院傳出的。

庭院的門敞開著，年輕人好奇的站在門口觀看，只見一個年輕女子靜靜的坐在圓凳上，庭院裡擺滿各種動物的

雕塑。雖然這些雕塑或多或少都尚未完工，卻都顯得活靈活現，光是半成品觀賞起來已是如此的賞心悅目，如果完工，這裡隨便一個作品都必定令人嘆為觀止，可見創作者技藝是何等高超。

就在年輕人讚嘆之時，院中的女子起身，手持一個小鎚子，走到一塊立在基座上的大石頭前，仔細的端詳這塊石頭上的一小區域，然後用她的小錘子輕輕敲了幾下。她好像不敢太用力，年輕人看著，為女子的手法感到可笑，心想：這肯定是個新手，動作慢吞吞，而且不敢大力敲。

但接下來發生的事情令他目瞪口呆，只見這塊大石頭裂成十幾塊，起初，他以為是女子敲錯位置，弄壞這塊石頭，但馬上發現不是這樣。這塊大石頭崩裂之後，露出裡面藏有的大理石，雖然還有許多地方需要雕刻，但可以看出這是一隻天鵝優美修長的脖頸。此時年輕人更是震驚，他急切想知道女子是用了什麼技法？

他走進院子，問道：「恕我冒昧，請問您是怎麼用小錘敲幾下就有這樣的效果呢？」

「你在門口觀看也有五分鐘了吧。」女子微笑著說，

「你不知道，在此之前我已經在這塊石頭上的許多地方，用各種不同的力道敲擊幾百次。我先仔細研究這塊石頭的質地和結構，然後又努力很多天，才有今天你看到的這個奇妙的瞬間。這也是所有偉大的事業得以成功的祕訣：認真研究，還要不懈的努力，變化是一點一滴累積的，但只要堅持下去，功到自然成。無論做什麼，都不可能一蹴而得，都需要長時間的專注和堅持，而且必然會有一個艱苦的過程。」

年輕人向這位女子告別，他已經明白成功的祕訣，那就是專注和堅持。

|作者簡介|

蓋伊・芬雷，美國作家。

「認真研究，還要不懈的努力，變化是一點一滴累積的，但只要堅持下去，功到自然成。無論做什麼，都不可能一蹴而得，都需要長時間的專注和堅持，而且必然會有一個艱苦的過程。」這些話是文中那位年輕小姐講的話。

「專注和堅持」？沒錯！但知易行難，成功與否最後全在實踐的力度上。

沃夫卡和祖母

〔俄國〕 阿‧阿克謝諾娃

　　沃夫卡全家原先住在俄羅斯西北的海港城市──莫曼斯克。三年前，他母親不幸病逝，父親做為一名船長，必須長期出海在外，無法照顧他，好心的鄰居把沃夫卡接到家裡照顧。到了暑假，父親決定把他送到鄉下祖母那裡度假。

　　剛開始，沃夫卡可不喜歡這位祖母，父親跟鄰居一向都寵著他，但祖母的作風卻完全不同。

　　剛到的第一天，沃夫卡就扭傷腳，他痛得大哭，但祖母非但沒有安慰他，也沒有要幫他擦藥，只是平靜的說：「別哭了！你已經不是小孩子！」說完，就催他去商店買麵包。沃夫卡只得去，回來把麵包往桌上一扔，說道：「麵包給你，我不想吃晚餐。」

　　「你這是做什麼？怎麼這樣說話？」祖母生氣的說。

　　沃夫卡也不答話，扭頭就去睡覺。他嘴上說不吃晚

餐，心裡卻在想，祖母肯定會來叫他去吃飯，但祖母根本沒來，當然也沒叫他去吃飯。

餓了一晚，早晨起來，沃夫卡還得打水，買麵包，然後到農場裡幫祖母種田。沃夫卡對這一切大不痛快，他對祖母說：「您寫信讓父親來接我回去吧！」

「沒關係，你會習慣這樣的生活。」祖母答道。

「我要把這一切都告訴父親。我為什麼得整天做事？我是來度假的，可我卻整天忙進忙出。」

「你已經不是小孩子，該學著親手勞動，而且村裡每個人都在做事。」

「我才九歲，怎麼不是小孩子。」

「你已經是大孩子了，我九歲的時候，早就天天下田幹活。」

沃夫卡還是不服氣，不肯好好做事。他想，如果他做得很糟糕，祖母也許就不會再讓他做事了。

有一天，他故意沒去商店，晚上祖母說：「今天我們沒有晚餐吃，因為你沒去買麵包。」結果沃夫卡只得餓著肚子去睡覺。睡前祖母對他說：「這樣不肯好好做事對

大家都不好，你還要住在這裡，而且也會喜歡上你的祖母。」

沃夫卡生氣瞪著她，一句話也沒說。

有一天，沃夫卡跟村裡認識的朋友維佳抱怨，說他的祖母是如此苛刻、如此難相處。維佳卻對他說：「你還不瞭解你祖母，她可是個無所不能的人，村裡的人都非常敬愛她。她懂得東西很多，甚至還會治病，有次一個鄰居頭疼得很厲害，吃什麼藥都不管用，你祖母很快就用草藥把他治好了。」

「她還會做什麼？」沃夫卡興致勃勃的問道。

「什麼都會，」維佳答道，「她認識所有的植物，還總是能知道別人心裡在想什麼。」

「這倒是，」沃夫卡說，「她總能知道我在想什麼。」有一次，沃夫卡和祖母一起到森林裡去。祖母在森林裡如入家門，每一株小草，每一棵樹木都像是她的老朋友。祖母向沃夫卡介紹各式各樣的小草：「瞧，這種小草專治頭痛，那種小草可以治療心臟病。」

「您怎麼會知道這些的？」沃夫卡問。

「我在鄉下住了一輩子，我母親特別熟悉這些花草樹木，是她教我的。」

「奶奶，那您是怎麼把那個人的病治好的？」沃夫卡決心問個明白。

「什麼人？」

「那個頭疼得很厲害的鄰居，聽說吃什麼藥都不管用。」

「我已經記不得了，」祖母說，「怎麼治好的？你看到這株小草，我知道頭疼時吃哪種草藥可以治好。」

「那吃其他的藥為什麼不管用呢？」

「因為那些藥根本不是治頭疼的，我給他的草藥對頭疼才有效。」

「他怎麼會知道你的草藥有用，你又不是醫生？」

「他的確不知道我的草藥有沒有用，但是他信任我，自然就會吃我給他的草藥。」

經過這次，沃夫卡發現自己漸漸的喜歡上祖母，也喜歡跟祖母在一起的生活。他希望自己能像祖母一樣，被大家信任。現在，祖母讓他做什麼，他就做什麼，他喜歡祖

母把他當作大人的相處模式。

　　過了一陣子，從莫曼斯克發來一封電報，祖母看了電報說：「嘿，這下你該高興！」

　　「父親要來這嗎？」

　　「不是父親要來，而是你要回去。」

　　「為什麼？」沃夫卡問道。

　　「因為你父親希望你回去。」

　　「那這裡只剩你一個人怎麼辦？你年紀這麼大了？」

　　「如果你願意，還可以到我這兒來，如果不願意，就說明你祖母不怎麼樣。」

　　沃夫卡想對祖母說，他非常愛她，但不知怎麼，什麼話也講不出來，只是眼淚不斷流下。

|作者簡介|

　　阿‧阿克謝諾娃，俄國作家。

　　文中的祖母是個堅持原則的人，不會溺愛孫子，一樣
要求孫兒幫忙做家務，不做就沒飯吃。孫兒起初不瞭解祖
母的苦心，但一段時間過後，聽了鄰居稱讚祖母的言行，
終於瞭解祖母的為人，所以父親要他回去時，他一時不知
如何取捨。

四點鐘

普萊斯・戴伊

牆上時鐘指針指到三點四十七分。

「那個偉大的時刻就快到了，乖乖。」克蘭格先生說。

籠中那隻名為「乖乖」的鸚鵡盯著他的主人，叫道：「豆豆兒。」

克蘭格先生從桌上的碗裡取出幾粒花生，又將其中一粒塞進鳥籠，乖乖伸出堅硬的爪子抓住，再用銳利的嘴剝去花生殼，陶醉的享用。

三點四十九分，克蘭格先生又說：「的確，這麼重大的決定，也只有我才有資格做。」

三點五十分。

「想想看吧，乖乖，」克蘭格先生說道，「再等十分鐘，等到我說出那句話，全世界所有的壞人都將成了矮子，他們的身高會變成只有原來的一半，如此一來，我們

馬上就能知道誰是壞蛋了，貪汙官員、黑幫老大、殺人犯、詐欺犯、毒販、強盜、小偷、流氓，一個也逃不掉，全都變得只有原本個子的一半。」

乖乖說：「豆豆兒。」

克蘭格又餵牠一粒花生。

「我知道，你不贊成這個計畫，你覺得把他們全部變矮太殘忍了，」他說，「不過，我已經整整想了三個星期，各種方法都設想過，要讓壞人原形畢露，這是最好的辦法。」

三個星期前，克蘭格先生坐在公園的長椅上，凝望著天邊的浮雲。他意外發現，自己有個非常特殊的能力，那就是能夠在世界上所有的壞人身上做個記號。從那時起，他就把全部時間用來思考如何使用這個能力。

首先，他必須先區分出誰是好人、誰是壞人。這倒是不難，對於好人和壞人的差別，克蘭格先生可是明白得很；所謂的壞人，就是克蘭格先生覺得壞的人，那剩下的人，自然就是好人。

其次，他還得想出要給壞人做什麼樣的記號。他原本

想讓壞人們的身高和體重都增加一倍，好讓他們像恐龍滅絕那樣，因為體積太龐大而死光。可是，如果這些壞傢伙不肯乖乖伏誅，還要垂死掙扎，甚至死前還想做壞事，這很容易傷害到無辜的好人，克蘭格先生真不想看到這樣的事情發生。

於是，他改變主意，決定利用自己的能力，讓所有壞人的身材都縮短一半。當然，個子矮一半的壞人也是具有威脅性，不過，他們需要花很長的時間才能找到適合自己身高的武器，而與此同時，他們穿著大好幾號的衣服，帽子蓋到眼睛上，想想看，這樣子有多可笑啊。

一想到那些壞矮子的可笑模樣，克蘭格先生忍不住微笑起來。

「豆豆兒。」乖乖叫道。

他又餵牠一粒花生。

三點五十五分，他說：「眼下最驚喜的地方大概就是審判罪犯的法庭，本來誰也不知道受審的人是不是有罪，可等到四點鐘，如果他真有罪，那他……」克蘭格先生的呼吸急促起來，時鐘的指針指向三點五十六分。

「豆豆兒。」乖乖叫完，他又餵牠一粒花生。

接著他又盯住時鐘的分針，看著它從三點五十七分移到三點五十八分。

「一開始，」克蘭格先生說，「報社肯定不會相信，儘管報社裡就會有很多人矮一半下去，但他們還是不會相信。可是不用多久，他們就會明白這是怎麼回事。」

時鐘指針指到三點五十九分。

「這件事會變成最棒的頭條新聞，」克蘭格先生說道，「乖乖，沒有人會知道誰這麼偉大，竟能做出這麼偉大的事，只有天知、地知、你知、我知。」

時鐘的分針從三點五十九分向前滑動著，克蘭格先生的心跳也逐漸加速，他喃喃說道：「不會沒有人知道的。」

時鐘指針指向四點鐘，布穀鳥從時鐘頂上冒出，發出咕咕咕的叫聲。

克蘭格先生只覺得有一股閃電般的力量傳遍全身。他閉起雙眼大喊一聲：「變！」接著布穀鳥縮回時鐘內。

乖乖彎著頭，盯著他。

「豆豆兒。」乖乖叫道。

　　克蘭格先生又想餵牠一粒花生，可是，這一次嘛，他雖然使足了勁，而且盡量伸長手臂，但還是碰不到鳥籠。

|作者簡介|

　　普萊斯・戴伊，生平不詳。

　　細讀全文，我們不難發現，文中的克蘭格先生是一個沒有原則，沒有是非觀，一心只想修理別人而不反省自己，最後自食其果的偽君子。「所謂的壞人，就是克蘭格先生覺得壞的人」，這句話是最好的說明。

　　小說的結尾，他反而變矮了，說明他不反省自己，得到了最好的懲罰。

　　結尾處克蘭格先生「使足了勁，而且盡量伸長手臂，但還是碰不到鳥籠」，這一情節出人意料，又在情理之中。

　　情節是虛構的，貌似荒誕，卻讓人感到非常真實，因為在現實社會中不乏像克蘭格先生這樣的人，自認為是好人，骨子裡卻是壞人一個。

狐狸與猴子

佚名

　　狐狸與猴子一同走在路上，彼此炫耀自己的家世門第，比較誰的家族更高貴顯赫。

　　在種種爭論之後，牠們走過一個墓園，猴子轉過頭去，哭了起來。

　　狐狸問牠為什麼在哭，猴子指著那些墳墓說：「我看到那些被我的先祖所解放的人以及家奴們的墓碑，我怎能不傷心而哭呢？」

　　狐狸說：「你盡量去講假話吧，因為他們沒有一個人能夠站起來反駁你。」

　　寓言故事構造簡單，但常常一針見血。類似猴子這樣的人在現實社會上比比皆是。我們必須學習分辨真假與善惡。

找到面對困境的
勇氣

幸福是什麼？

〔保加利亞〕 埃林·彼林

　　有三個小孩，都是放羊的牧童。他們彼此很要好，常常一起合作把羊群從村子裡趕到樹林。樹林裡有一口老泉，已經不會湧出泉水，泉口上堆滿枯枝落葉。

　　有一次，一個牧童說：「我們來把這口老泉清理一下，再挖一口小井，你們說好不好？」

　　「好！」他的同伴快樂的回答。

　　第二天，他們帶著鋤頭和鏟子到樹林裡去清理那口老泉。他們疏通泉眼，把堵在泉口的枯枝和爛在水裡的落葉挖出來，清澈的泉水從下面湧出，流到一個沙底的小坑裡，三個小孩看見泉水湧出來，既快樂又興奮。

　　過了一天，他們從附近搬來一些寬大的石塊，堆砌出一口小井，並用石頭築成一個出水口，讓水可以從井裡流出來，再用一塊大石板把井口蓋住，不讓塵土飄落進去。

　　他們高興的在井旁的大石頭上，看著那股清澈的泉水

慢慢注滿那口小井，最後從那寬闊的出口流出來。

這時候，從樹林裡走出一位美麗的女孩，金黃色的頭髮垂到腳跟，頭上戴著白色的花環。「你們好，孩子們！」她說，「請問我可以喝你們井裡的水嗎？」

「當然可以，你喝吧。」孩子們說，我們就是為了讓人們能有水喝才把井砌好的。」

女孩彎下身來，就著井口，用手捧水，喝了三口。

「這三口水，代表我祝福你們三個人都健康長大。」她微笑著說。

她又說：「你們做了一件好事，我感謝你們。我代表樹林裡居住的一切動物、樹林裡生長的一切花草和整個樹林，感謝你們，祝你們幸福，再見！」

孩子們互相看了看，既快樂又激動。一個孩子問那位美麗的女孩：「你祝我們幸福，請你告訴我們，幸福是什麼？」

「這個問題，你們應該自己去尋找答案。十年後，我們相約在這口小井旁相見。假如到那個時侯，你們還不知道幸福是什麼，我就告訴你們。」說完，這位美麗的女孩突然就不見了，正如她突然來到一樣。

　　孩子們都詫異的看著彼此。一個孩子說：「讓我們各自前往自己想去的地方，弄明白幸福是什麼？我往東走。」

　　「我往西走。」另一個孩子說。

　　「我留在村子裡，」第三個孩子說，「也許我在這裡就會弄明白幸福是什麼？」

　　他們往自己所說的地方前進，十年後，他們遵守約定，相約在小井旁。三個人都已經長大成為強壯的青年。清澈的泉水仍舊那樣靜靜的流著，小井周圍的樹苗已經長成枝葉茂密的大樹。小井的周圍有許多小路，路上還看得見人們的腳印，他們一定是到這裡來喝水或打水。在周圍的沙地上有小鳥的爪印，草地上還有鹿和兔子奔跑留下的痕跡。

　　三個青年非常快樂的看著眼前的一切，他們只是做了一件小事，卻帶給這麼多人跟動物好處。他們坐在原來的那塊大石頭上，想起那位美麗的女孩，可是她為什麼沒有出現呢？

　　「你們知道這十年我做了什麼嗎？」第一個青年說，「我們分開後，我就到一個大城市去了，進了學校，學到很多東西，現在成為一個醫生。」

　　「那你弄明白幸福是什麼嗎？」另外兩個青年問道。

「弄明白了，很簡單。我治好病人的病，使他們恢復健康，這是多麼幸福。我因為能幫助別人而感到幸福。」

第二個青年說，「我去過很多地方，做過很多事，曾經在火車跟輪船上工作過、當過消防員、做過園丁，還做過許多不同的工作。我勤勤懇懇的工作，工作的成果對別人都是有益的，我的勤勞沒有白費，所以我是幸福的。」

「那麼你呢？」他們問留在村子裡的那個同伴。

「我辛勤的種田耕地，地上長出麥子，麥子養活許多人。我的勤勞也沒有白費，我也感到很幸福。」

就在這時，又是突然間，那位女孩出現了。她沒有任何改變，還是金黃色的頭髮，頭上還是戴著那個白色的花環，依舊如此美麗、溫柔、高雅。

「我很高興，你們都依照約定來跟我見面。」她說，「你們說的話我全聽到了。你們三個人都找到答案，弄明白幸福是什麼，幸福就是勤勞做事、就是努力盡好自己的義務、就是對人們有貢獻。」

「你到底是誰呀？」三個人同聲問道。

「我是智慧的女兒。」女孩回答完就不見了。

|作者簡介|

埃林・彼林（Elin Pelin, 1877-1949），保加利亞作家。本名迪米塔爾・伊萬諾夫，出生於農民家庭。主要作品有《揚・比比揚歷險記》、《我的煙灰》、《土地》、《修道院坡下的葡萄園》。

|凌思隨筆|

《幸福是什麼？》是一篇童話故事，按照故事發展的順序先講三個牧童發現樹林裡一口老泉已經不湧泉水了，他們主動帶來鋤頭、鏟子，疏通泉眼，開溝引水，砌井加蓋。他們這樣做是為了讓人們能喝到乾淨的泉水。

再講智慧的女兒看見了他們的所作所為，稱讚他們做了一件好事，並祝他們幸福。這時，三個牧童並不理解什麼是幸福。智慧的女兒沒有直接告訴他們幸福是什麼，而是引導他們自己去弄明白。

接著講十年以後三個牧童又在小井旁邊相遇。他們看到了自己的勞動給別人帶來的好處：有了泉水，樹木茁壯成長，人畜可以隨時飲用。他們為此感到快樂。

回顧各自十年的生活經歷，他們對幸福是什麼有了比較深刻也比較一致的體會：因自己的勞動給別人帶來益處

而感到幸福。最後講智慧的女兒再次出現，她概括了他們的體會，揭示了幸福的含義。

　　這是一篇簡略的課文，讓學生通過自讀自悟瞭解故事內容，懂得幸福是什麼，培養獨立閱讀的能力；同時使學生進一步感受童話在人物形象、故事情節、語言表達上的一些特點。

高高的玉米

〔美國〕 加里・卡特

　　吉姆・卡爾坐在廚房的窗戶邊，望著烈日下的玉米田。今年的玉米長得特別好，屋子周圍全是高高的玉米。

　　他的妻子休伊站在水槽旁，用水沖洗胡蘿蔔。她不時看一眼窗外的天空，渴望天上出現雲朵，但依舊晴空萬里，太陽大的令人不安，已經連續二十七天沒有下一滴雨。

　　吉姆抬頭瞧一眼不見一絲雲彩的藍天，低頭嘆口氣：「乾旱得太久，眼睜睜的看著玉米的葉子被曬得捲起來，真拿老天爺沒辦法。」沉默一陣，他又說，「擔心也沒用，只會讓心情變得更糟。」

　　休伊是個體態壯碩的女人，今年四十出頭。她把胡蘿蔔放入水槽，然後擦乾雙手，向她的丈夫走過去。吉姆坐在輪椅上，一隻腳直挺挺無法彎曲。

　　一個月前，吉姆在翻修穀倉的時候，不小心從高處摔

落，造成腿部骨折。X光檢查顯示他的脊椎骨也受到損傷。至於受損程度、吉姆以後還能否行走，醫生當時還說不準。

休伊站在輪椅一側，輕輕拍著吉姆的肩膀。「你說的有理。」她低頭看著他說道，「乾旱太讓人擔心了。」

她望著窗外自家的菜園，他倆曾商量不去管院子裡的蔬菜，讓它們在烈日下自生自滅。

但他們家那三百畝的玉米田，不管不行啊。

她彎腰吻了一下吉姆的頭。「我們會沒事的。」她平靜的說。

日子一天天過去，吉姆的鄰居帕皮家的玉米葉子開始發黃、捲曲。

一天，休伊剛從玉米田幹完活回來，吉姆告訴她，他剛剛跟帕皮通過電話。帕皮家的玉米田不行了，幾乎看不到穗子，連梗都被曬到發黃。

「帕皮說，如果這個週末還不下雨的話，他只能把田裡的玉米全部剷掉。」吉姆顯得憂心忡忡。

「全部剷掉？」休伊驚訝道。

「他是那樣打算的，可能他擔心過頭了。我們家的玉米種子跟他家是一樣的，又是同時種下去的。可是我覺得我們家的玉米眼下還長得挺好的。」

又過了幾天，休伊從鎮上辦事回來。吉姆坐在輪椅上，臉上滿是笑容的看著她。休伊疑惑的放下包袱。「你該不會是要說，明天就要下雨了吧。」她說。

「是比那更好的消息，剛才醫生打電話來，說我之前照的X光片看起來很好，我的脊椎只是輕微受傷。」

吉姆頓了一下，他笑得更燦爛。

「醫生估計我下個月就能行走。」

「能走？」她直盯著他的眼睛，「醫生真的說你還能走？」她彎下腰，雙手捧住吉姆的臉頰。

「這個消息真是太好了！」她含淚說道，然後跳了起來，在屋子裡輕快的轉圈圈。

「這個消息是不是比下雨還要好？」

「是的，親愛的。比下雨好上一百倍。」

「你知道，」他握住她的雙手，「一個月前，我不知道今後我們怎麼生活，腦子裡全是各種糟糕的想像，今天

接到好消息，乾旱突然變得沒什麼好擔心的。」

「是啊，那以後我就不用夜裡偷偷去澆水了。」

「澆水？你去哪裡澆水？」

「菜園，還有圍繞這屋子外圍一排的玉米。」

「玉米？」吉姆震驚的盯著她看。

「面對這些麻煩，我還能做什麼呢？我改變不了天氣，也沒法讓你站起來，只能讓你所能看到的玉米長得好些。」她微笑著說。

屋外，依然是滿眼高高的玉米。

|作者簡介|

加里·卡特，美國作家。

先生受傷，不確定是否能站起來走路，太太扛起整個農場工作。為了避免先生煩惱太多，她晚上偷偷在夜裡幫菜園、玉米澆水，免得枯死。夫妻感情真摯，刻畫十分細膩傳神。

淚水茶

〔美國〕 阿諾德‧洛貝爾

貓頭鷹把茶壺從櫥櫃裡拿出來，說：「今晚我要煮淚水茶。」

牠把茶壺放在桌上，靜靜的坐著，開始想令人傷心的事。

「斷腿的椅子。」貓頭鷹說著，眼眶開始泛淚。

「不能唱的歌，」貓頭鷹說，「因為忘記歌詞。」一大滴眼淚滴下來，落入茶壺裡。

「掉到井裡，很難找到的湯匙。」貓頭鷹說著，更多的眼淚落入茶壺。

「不能看的書，」貓頭鷹說，「因為被撕破。」

「停頓的時鐘，」貓頭鷹說，「因為沒有人上緊它的發條。」

貓頭鷹還想到其他許多令人傷心的事情。牠哭啊哭啊，不久，茶壺裡裝滿了眼淚。

「夠了，」貓頭鷹說，牠停止哭泣，把茶壺放在火爐上，燒開了沏茶。

　　當貓頭鷹把茶杯倒滿的時候，牠感到很快樂，哈哈大笑。

|作者簡介|

　　阿諾德·洛貝爾，美國作家。

┃浸思隨筆┃

熟讀童話的人都知道，童話有童話的思維方式，不需遵從大自然的邏輯理性，〈淚水茶〉只是一個引子。

令貓頭鷹傷心的種種事情非常別緻可愛，的確也令我們這些讀者倍感傷心。當然你要用童話的心與眼這一角度去細讀。

就像鼴鼠的湯匙折壞了，不能再使用了，令牠感到惋惜；或是小鳥兒辛苦搜集的許多玻璃球、石子、羽毛，都不見了，牠也會感到難過，可是最後都不要緊。生活還是要繼續！一切都會好起來的。

至少我們還能煮一壺淚水茶，享受一天中剩下的時光。而這比原先所失去的東西，是更美好的事物。人生本來就悲苦多於歡樂，唯有學習從比較樂觀的角度去自我調適，才能堅強的走下去。

迷霧燈塔之光

拉夫特裡·芭芭拉

　　科林慢吞吞的從學校往家裡走，不遠處是個座落在海灣的愛爾蘭小漁村，他家就在那裡。今天是聖誕節的前一夜，但科林完全感覺不到聖誕節的氣氛，也許是因為沒有下雪，但科林知道還有另一個使他有這種感覺的原因，這是一個他甚至不敢去想的原因。

　　他望著遠處黑暗的大海，海平面上一艘船的影子也沒有。七天前他的父親出海捕魚，至今尚未回來。

　　「我會從昔得蘭群島帶一隻邊境牧羊犬回來給你。」父親在出海那天早上對他說，「在聖誕節前你就會得到牠，我保證。」

　　但現在已經是聖誕節前夜，科林朝山上的燈塔看去，就在父親出海後的隔天，一場突如其來的暴風吹倒山上的電塔。失去電力的供應，總是明亮的燈塔已經熄滅，七天了，沒有燈光指引他父親的漁船。

科林推開家門。「科林，我們需要泥炭來生火。」他一進門，母親就對他說，「家裡的泥炭已經燒完，而且快到點亮聖誕蠟燭的時間了。」

「我不太關心點亮蠟燭的事，媽媽。」科林回答母親。

「是的，我也不想關心。」母親答道，「但是每一個愛爾蘭人在平安夜都會點亮蠟燭，即使在最傷心的時候。我知道現在家裡充滿了悲傷，但明亮的蠟燭表示我們的家和心扉向陌生人敞開。去吧，孩子。我有兩根蠟燭，我們一人一根。你出門挖一些泥炭回來，我們待會兒就做晚飯。」科林點點頭，走出家門。

他牽著馱泥炭的驢子來到山上，誰會關心一根微不足道的蠟燭？他看著燈塔說：「什麼時候才能重新點亮燈塔，指引爸爸的漁船回家？」驢子搖搖頭，悲傷的叫了幾聲，牠似乎感受到科林的悲傷。

科林凝望燈塔，嘆了一口氣。忽然，腦袋靈光一閃。

「對了，就這樣做。」他栓住驢子，向山頂狂奔而去。到達燈塔，科林使勁的敲門。

看守人達非先生打開門，「你來幹什麼，年輕人？嚇我一大跳，今天可是平安夜。」

「達非先生，」科林喘氣說道，「您以前是如何讓燈塔亮起來的？」

「用電，但現在電塔倒了，整個燈塔都停電，聖誕節後才會有人來修。」

「不，我的意思是，在使用電力之前，是如何點亮燈塔？」

「用汽油燈，這盞燈還存放在地下室，但現在也沒有汽油。」

「用煤油行嗎？」科林屏住呼吸問。

「只要夠多，我想可以，」達非先生若有所思的說，「但現在賣煤油的商人早就離開村子，而且每個人家裡的煤油都不多，你知道大家都沒什麼錢……」

達非先生還沒說完，科林已經跑走。回到家裡，科林從廚房裡拿了幾個桶子，然後又衝出家門。

這時，家家戶戶都已經點亮蠟燭，在平安夜，一盞又一盞的燭光意味著陌生人會受到歡迎，無論他請求什麼，

都會得到滿足。科林加快腳步，飛奔到第一間亮著燭光的房子前。

「請問你可以從你的煤油燈裡分半杯煤油給我嗎？」他問。科林跑遍村裡每一間有燭光的房子。

在一小時內，科林已經收集到兩桶煤油。他費力的把這兩桶煤油提到燈塔，然後使勁的敲門。

看到煤油，達非先生非常訝異，但是他搖著頭說道：「這些煤油頂多只能點亮汽油燈一個小時。」

「我會借到更多煤油，時間還早！」說完，科林又飛奔下山。

三個小時後，科林又收集了五桶煤油。正當他往山上送去第六桶煤油時，燈塔突然被點亮。光芒迅速從山頂射出，照向大海的黑暗處，彷彿在指引迷航的人回家，達非先生重新點亮了燈塔！

科林回到家時已經很晚了，母親從壁爐旁的椅子上跳起來：「科林，你跑去哪裡？你沒吃晚飯。也沒帶泥炭回來點亮蠟燭！」

「媽媽，我已經點亮了一根蠟燭，是很大的蠟燭！這

是一個祕密，我還不能告訴你，但我的確點亮了最大的聖誕蠟燭。」

那晚，科林睡得很安穩，夢裡有蠟燭亮著。突然，一聲驚呼吵醒他，「是船！船回來了！那些出海捕魚的人回來了！」家家戶戶的人們都來到街上高聲歡呼。

科林聽到有人說：「燈光！是燈塔上的燈光。船其實只在碼頭的十英里外，但在濃霧中迷失方向，是燈塔的燈光讓他們找到回家的方向！」

曙光從窗外射入，科林躥到窗邊，母親和鄰居們正跑向碼頭。是真的！在灰藍色的海面上，父親的雙桅帆船正徐徐駛進碼頭。

科林跑出家門，也向碼頭飛奔。他感到一股潮溼的風吹在臉上，就要下雪了。這才是真正的聖誕節早晨。

|作者簡介|

拉夫特裡・芭芭拉，生平不詳。

　　科林聰明、懂事、能幹、有主見，做事執著、果斷、關心親人、愛父親。全文結構上照應開頭；在內容上深化了主題，表達了科林通過自己的努力，並在大家的幫助下，終於迎回父親的喜悅與興奮之情。

　　燈塔再次亮起的火光，也指人的愛心、真情所閃爍的人性之光。

樹上的天使

〔美國〕瑪雅·瑞諾德斯·拉特森

又來了，這些討厭的松鼠！我拽過枕頭，狠狠的蓋住耳朵，試著阻隔屋頂上傳來的噪音，然而，這些聲響就像是魔音穿腦般揮之不去。「該死的松鼠！」我在被窩裡咒罵道。

每到半夜，樹上的松鼠就開始採集牠們的美食——山核桃，而我卻每每被山核桃掉在屋頂上的聲音吵得難以入眠，聽著山核桃不斷「咚咚咚」的砸在屋頂，再「咕嚕嚕」的滾到地上。

天知道半夜的清醒對我有多可怕！每到這種時候，腦海裡就會不由自主的浮現一堆數字，各種帳單的數字、房租欠款的數字、銀行貸款的數字……。就在昨天，我才向房東懇求，請她再寬限一個禮拜，下禮拜保證會付清之前積欠的房租，並支付下個月的租金。房東勉為其難的答應，但我根本沒錢，想到下週還得面對房東的臉色，我簡

直要崩潰了。我只是個剛從學校畢業的毛頭小子，找不到工作，沒有任何賺錢的門路，而我頭頂上還有惱人的松鼠讓我不得不在半夜保持清醒。

無奈之下，我唯有打開《聖經》尋求幫助。忽然，讀到這樣一段話：「不要為明天憂慮，你們看那天上的飛鳥，也不種，也不收，也不積蓄在倉裡，你們的天父尚且養活牠。你們不比飛鳥貴重的多嗎？」

我暗暗祈禱：天父啊！既然您能養活飛鳥，還有那些松鼠，我相信您也會保佑我的。最後，在被噪音跟眾多煩人的思緒搞得筋疲力盡之後，我終於昏昏的睡去。

第二天，我起個大早，趕去教堂參加禮拜。結束後，一位老婦人問我，能否送她回家，她兒子的卡車在半路拋錨，沒法來載她。

「當然可以。」我說。

在去老婦人家的路上，她問我：「你喜歡吃山核桃嗎？」

山核桃？我的笑容瞬間僵硬，反問她：「你為什麼這麼問？」我的耳邊彷彿又響起那些山核桃砸在屋頂的聲音。

　　「我有在賣山核桃，附近的農場通常是用二十元一袋跟我買。」她回答道，「如果你喜歡吃，我可以算你比較便宜的價錢，來感謝你送我回家。」

　　就算贈送我也不要。「不了，謝謝。」我說。我將老婦人平安的送到家，然後驅車返回我的租屋處。

　　一到家，我便躺在床上，實在太累了，也許我該午休片刻。但又一次，松鼠的騷動在房頂響起，還沒到半夜呢！我氣憤的想，牠們就不能讓我有片刻的安寧嗎？

突然，我就像被山核桃砸中腦袋般，瞬間明白了，原來財富就在頭頂上！我從床上一躍而起，衝出屋子。就在我的房子旁，已經積了厚厚一大片山核桃。二十美元一袋，只要賣出兩、三袋就是夠付清積欠的房租。更重要的是，地上山核桃早就多到足以讓我付清所有的債務跟帳單。

　　時光飛逝，經過幾年的努力，我的生活慢慢好轉。真正讓我感恩的，並不是山核桃，而是上帝派來的天使，天使就住在樹上，天使告訴我：上帝就在我們身邊。

|作者簡介|

　　瑪雅‧瑞諾德斯‧拉特森，美國作家。

文章最後一段寫「生活慢慢好轉」並讚美松鼠是「天使」，是作者為了照應題目和前文；欲揚先抑的手法，讓文章更加生動；松鼠幫「我」度過難關，讓「我」明白永遠不要絕望，機遇可能就在身邊。

至於閱讀聖經這件事與山核桃之間的聯繫，我們可以說，閱讀《聖經》是為尋求心靈的安慰，讓「我」暫時擺脫山核桃的噪音帶給「我」的恐懼；書中「不要為明天憂慮」的箴言為下文「我」送老婦人回家的事及「我」發現山核桃的價值作鋪墊。

我不是千里馬

佚名

　　曾經，我以能成為微軟公司的員工而自豪，身為一個文學院的畢業生，再歷經重重關卡後脫穎而出，這過程真的很不容易。

　　但是，這種自豪僅僅維持一年，我便澈底失去信心。並不是我不努力，而是我的職位只是個祕書，能做的工作似乎只有倒茶、接電話或整理文件這些瑣事，看著那些技術人員頻頻高升，領著高額的薪資跟分紅，而我卻還要常常透支信用卡才能度日。

　　人們總說，踏進微軟，終有你展現才華的舞臺。可惜，我真的不是匹千里馬，不管跑再久，也不會有什麼優異的表現，面對那些精密儀器與複雜的程式，我總是感覺自己一無是處。當然，不會有人了解我的心情，尤其是那些技術人員，總是自以為友善的邀請我喝咖啡，席間他們的話題總是圍繞著在某個技術又有什麼進展、某個研發又

有什麼突破，卻不知道這正是我的傷心處，每每想起，我不是後悔進錯公司，就是後悔當年讀錯科系。

微軟再好，卻沒有我的容身之處，因此，我決定重新選擇自己的行業。聖誕節前夕，趁著老總去華盛頓出差，我默默將辭呈放在他桌上，悄然離開公司。坦白說，老總待我不薄，當初正是他從眾多求職者中選擇了我，我怕看到他失望的表情，更怕他問起辭職的原因，只好出此下策。當然，在辭呈中我已經解釋得很清楚，更是感激他對我的知遇之恩，相信他也會贊成我重新出發。

可惜，事與願違，沒過兩天，我便接到公司電話，請我回去上班。這是不可能的，我雖然沒有專業技術，但不代表我沒有企圖心，我不甘心整天在一堆科技高手面前打雜跑腿，在我的職涯藍圖裡，必須有一片屬於自己的天空，所以，我斷然拒絕。

但世事難料，聖誕節的夜晚，老總居然親自跑來我家，一見面什麼話也沒說，就拿出一份聘書。我說非常抱歉，自己真的不適合留在微軟，可老總卻要我先看看聘書的內容。

聖誕節後，我重新回到微軟，只不過職位完全不同。那些技術人員們紛紛要我請客，我也覺得，這一切的確值得慶祝，因為從今天開始，我轉調微軟公司的人資部門，再也不用在眾人面前自慚形穢，更不需要為了每個月的信用卡帳單而煎熬。

那個聖誕夜是一個讓我幡然醒悟的夜晚，我問老總為什麼，他笑著反問我：「還記得那份辭呈嗎？」我當然記得，但就算是微軟，大公司的員工們總是來來去去，一份辭呈沒什麼特別的。可是老總說：「不，你的那份辭呈很不一樣，因為你在辭呈中寫到每一位和你聊天或喝咖啡的技術人員時，居然能非常透澈的分析他們每個人的特質與專長，所以，你雖然不是千里馬，但卻是伯樂。」

微軟需要千里馬，但更需要伯樂。老總的話讓我深受感動，誰說非技術的人才不能在微軟展現自己的才華呢？任何一個公司或部門，都需要一個好的伯樂，能夠發現那些千里馬，並把牠們安放在適合的位置。

如今，對於微軟的高深技術，我還是什麼都不懂，但我會觀察人、選擇人、栽培人，將他們放在適合他們的位

置；現今，每到人資部門的新人面試，我觀察的重點，便是眼前的求職者能否成為一位伯樂。

|浸思隨筆|

　　文中的「我」並不是專攻理工的。面對一堆高科技人才，自己感覺技不如人，也沒有往上爬的機會，決定一走了之。沒想到老總是個「識貨」的伯樂，調他去擔任「伯樂」的工作，結局皆大歡喜，每個人都能發揮自己的潛力。

胡安發現了一條繩子

〔秘魯〕法蘭西斯科・埃斯卡特

胡安發現一條繩子，一條從天空上垂下來的繩子。

繩子就這樣靜靜的垂在那兒，沒碰到地面，目光沿著這條長得不可思議的繩子往上，看著它消失在冬日的雲層裡。胡安一面看著繩子，一面想著沒有人會相信他。

「這孩子太孤僻，整天胡思亂想，所以出現幻覺。」姑姑會這麼說，「該帶他去看醫生！」她會這樣建議胡安的爸媽。

胡安跑回家，看見爸爸正坐在門口的椅子上。「有一條繩子從天空上垂下來！」胡安說道。

父親瞪大眼睛，臉上呈現不可置信的神情，彷彿胡安說的是外星話。

胡安痛恨這種沒有被認真看待的反應，然而他早已習慣，大人們總是把他當成小孩，儘管他都快十歲，可以在大草原上騎著自行車四處遊走。

「爸爸，你得跟我去看看，那條繩子非常巨大，我一個人沒法把它帶回來，相信我，這東西很有用。」胡安試著用大人們的語言表達，想讓他別再像平時那樣輕蔑自己。

「你快去洗洗臉，換套乾淨的衣服，奶奶討厭看見你渾身上下髒兮兮的。」父親答非所問的說。

「請你跟我去看一下吧，爸爸！」胡安哀求道。

但他仍是徒勞，父親不喜歡胡安玩耍，就像不喜歡玩耍本身，更不會陪伴胡安玩耍，於是孩子決定自行跑回那條繩子出現的地方。

在大草原中央，風吹拂著，那條繩子卻紋風不動，仍穩穩的、靜靜的垂在那裡。胡安看了一會，又朝天上望去，想尋找繩子的來源，但被厚厚的雲層擋住。直至這時，他才意識到自己其實離繩子很遠，胡安壓抑不住滿腔的好奇心，他要弄清楚這繩子到底是真的，還是幻覺或是海市蜃樓，就像那些在沙漠裡迷路的旅行者所看到的。

胡安踏著猶豫的步伐向前邁進，不知為何，腦中不斷浮現旅行者抱著繩子渴死的畫面，這讓他產生一絲恐懼，

走走停停，直到觸手可及的距離，他鼓起勇氣的伸出手，用指尖輕輕碰了一下繩子。「很軟。」指尖的觸感隨著神經傳到大腦。

很快胡安就忘掉恐懼，大膽的抓住繩子，使勁向下拉，但完全拉不動，看來另一端很牢固，足夠抵抗他雙手的施力。接著胡安決定要爬上繩子頂端一探究竟，他暖身、蹲下、起步、助跑、縱身一跳，牢牢的抓緊繩子，像人猿抓著藤蔓一樣。

胡安想起小孩和豆子的故事，小孩在他家院子裡種下豆子，最後長成一棵巨大的藤蔓植物，一直長到天上，那孩子順著藤蔓往上爬，在頂端發現一座城堡，裡面堆滿金銀財寶。但是真的是豆子嗎？豆子不會長出藤蔓啊，真是個奇怪的故事……

胡安的聯絡簿上總是寫滿老師的憂心評語，說他是個非常不專心的孩子，整天不是在神遊就是在做白日夢。現在可好，老師又多了一件事情可以寫在聯絡簿上，向他爸媽告狀，胡安幻想出一天從天空上垂下來的繩子，幻想中又添加豆子的故事和乾渴的旅行者！

「這繩子是真的存在的，不是我幻想的。」

他這樣想著，賣力的向上爬，「我要爬到頂端，我必須搞清楚上面有什麼。」

當胡安爬到約十公尺高（通常一層樓約三公尺）的時候，就害怕得不敢再往上，但也不想就這樣回到地面，於是就停在半空中，不知道該怎麼辦，他的手掌被繩子摩擦的很痛，肩膀跟手臂也逐漸無力，最後他決定慢慢的滑回地面，然後一定要找個大人來，證明他沒有亂講。但就在他準備要下滑時，感覺到繩子開始下降。

胡安停止動作，死命的抓緊繩子，想等繩子穩定以後再下滑，但是突然聽到一聲，砰！繩子猛然往下降，胡安害怕的閉起眼睛，雙手抓得更緊，等他睜開眼睛，卻發現自己還在空中，但好像比剛剛更接近地面一點；又是砰的一聲，繩子又一次下降，他已經嚇得全身僵硬，本能的抓緊繩子，突然，似乎從雲層上傳來許多聲響，砰！砰！砰！接著一陣痛楚傳遍他全身，原來胡安因為隨著繩子的急速下降，跌回地面，長長的繩子也開始落下，不斷砸在他的身上，好像繩子的某個地方斷了。

　　源源不斷的繩子落在胡安身上，他根本無法站起來逃開，因為落下的繩子，把胡安整個人埋在下面，大約過了一個小時，形成一座繩子山；胡安澈底嚇壞了，直到感覺沒有繩子繼續再落下時，他才冷靜下來，奮力移動身體，費盡力氣從繩子中鑽出來，此時他才發現自己全身溼透了，滿是灰塵，他趕緊跑回家，那時家庭下午茶早就結束了。

　　胡安到家時已經天黑，父母完全不相信胡安的解釋，一頓懲罰後，他上樓回到自己的房間沉沉睡去，此時窗外開始下起暴雨。第二天他起得很早，想回去看那堆繩子，但一整夜的暴雨，把整個大草原都變成一個小湖，家人不讓他出門，父母還在生氣，他那關於天空繩子的謊言更讓他們火大。

　　暴雨連續下了三天三夜，父母決定結束度假馬上回城裡；胡安被禁足，無法回到發現繩子的地方了，全家人都非常厭惡那場突如其來的暴雨，似乎所有人都認為他是那場暴雨的罪魁禍首……

　　在繩子掉落的地方，大雨積水形成一個湖；隨著時

間的流逝，湖帶來植物，植物引來動物，大草原變成一個大湖泊；七十年後，那個湖泊被稱為「拉坎提亞」，是當地鱒魚最多的地方，吸引無數的釣客前來。最近一次去那裡，我一邊和孩子們在湖邊玩耍，一邊與好幾個釣魚愛好者和漁夫一起釣著鱒魚。但是一件事情引起我的注意，湖邊有一個人既沒有在垂釣，也沒有跟旁人閒聊，那是一位老者，他凝視著廣闊的湖面，沉默不語，似乎在沉思什麼，看了他好一會，我禁不住好奇心的驅使，上前問他在看什麼。

「我的繩子。」他回答道。

| 作者簡介 |

法蘭西斯科·埃斯卡特，秘魯作家

| 凝思隨筆 |

　　這篇作品帶有魔幻現實主義色彩，整篇散發著濃郁的象徵和寓言氣質。它通過少年胡安隨父母在鄉下奶奶家度假時偶然發現天空懸繩的故事，呈現了童年的奇遇對人生的重大影響。

　　那條彷彿神蹟的天空懸繩顯然是虛構的，但在胡安的眼裡，這條通天的長繩攜帶著無比真實的力量，通向隱匿的未知，通向夢想的天堂。

　　它是一個兒童極力抓住一切可能從這個宇宙間發現奧祕的象徵；而胡安順著繩子向天空攀登的過程則是兒童探索奧祕的具象呈現。但是對於童心敏銳的發現，成人世界是不予支持反而會以暴力鎮壓的。那種「透過窗戶看著雨，無法講述自己的奇遇」的無奈，曾經是多少孩子內心久久盤踞的陰影。

　　成人世界帶來的陰影往往會遮蔽童心深處一閃而過的火花，使孩子在成長中遺忘了好奇的本能，並從此看山只是山，望海僅是水，再也難以從宇宙中擷取那種伴隨好奇心而來的神奇奧祕。但是對於這樣將童年奇遇點燃的奧祕堅持了一生的人來講，拉坎提亞的湖卻是他丟失的繩子，即使窮其生命，他依然在尋找。

　　究竟文中的繩子有那些象徵意義？歸納一下，它至少象徵了與現實世界不同的幻想世界、與成人世界相對的兒

童世界、在現實世界逐漸消逝的傳統文化以及人們嚮往的
某種奇蹟。

堅硬的荒原

〔烏拉圭〕 赫塞·恩裡克·羅托

　　一望無際的堅硬荒原，籠罩在沉重的天空下，荒蕪、貧瘠、荒涼、寒冷。

　　荒原上站著一位身型高大、骨瘦如柴的老人，古銅色的臉上，沒有一絲鬍鬚，宛如一株光禿的枯木，眼神剛毅、神情冷峻。老人身旁站著三個瑟瑟發抖、面黃肌瘦的可憐孩子，老人面對孩子的景況，毫無憐憫，無動於衷，猶如那堅硬的荒原一樣無情。老人一隻手裡捧著一把種子，另一隻手伸出食指，戳著空氣，像在戳青銅鑄成的東西。他抓著一個孩子的肩膀，把手裡的種子給他看，並用冰冷的語氣對他說：「在地上刨個洞，把種子種下。」下完命令後，放開那發抖的身軀，那孩子撲通一聲，雙膝跪倒在地。

　　「爸爸，」孩子抽泣著，「這裡的土地如此堅硬，我要怎麼刨洞？」，「就用你的牙齒去啃。」依舊是如此冰

冷的語氣，老人踹了孩子一腳，催促著，可憐的孩子用牙齒啃著堅硬的岩石表面，如同在岩石上磨刀一般，不知過了多久，終於啃出一個拳頭般大小的坑洞；老人冷若冰霜的看著眼前的一切，如同這片荒原一樣無情。

當坑洞達到足夠的深度，老人一腳把筋疲力盡的孩子踢到一旁，在坑洞中撒下種子，接著抓起第二個孩子，這孩子早已因目睹前面的經過而恐懼不已。

「替種子蓋上泥土。」老人發出他的命令。

「爸爸，」孩子膽怯的問道，「哪裡有泥土啊？」，「風裡有的是塵土，把風裡的塵土收集起來，就是泥土了。」老人竟說出如此匪夷所思的答案，孩子只好迎著風張開口，寒冷的朔風吹得孩子不斷打寒顫，風灌入孩子口中，風中的塵土會少許留在孩子口中，再將口中的塵土吐在地下，歷經無數次，風始終吹著，孩子吞了又吐，吐了又吞，老人不疾不徐的旁觀著，仍是面無表情，冷若冰霜。

當坑洞填滿了土，如同第一個孩子利用完即丟，老人將第二個孩子踢到一旁，這可憐的孩子全身委靡、痛苦

不堪的縮成一團，老人對此不屑一顧；轉頭抓起最後一個孩子，指著埋好的種子對他說：「澆水。」孩子早已嚇得呆若木雞，愣在當場，老人不耐煩的說道：「哭就有水，用你的眼淚澆水。」說著抓起孩子的小手，扭轉手指的關節，孩子痛得放聲大哭，彷彿在替自己跟另外兩個孩子的苦難哭泣，眼淚源源不絕，名為流淚的澆水進行了許久；荒原上，三個受盡折磨的孩子、一個表情殘酷的老人以及一個逐漸溼潤、暗藏生機的土坑。

種子從地表探出了頭，子葉舒展開來、抽出嫩芽、莖桿長高，還多了幾片翠綠的新葉；在孩子痛哭流涕的同時，一株小苗逐漸長成小樹，小樹變粗、變高、葉子變多，地下的根也奮力的向著堅硬的土壤挺進延伸，直至枝葉繁茂、花香飄逸，遠遠望去，一片黃色的荒原上竟多了一個偌大的綠點，那是生機盎然的樹冠，大樹朝著天空抬頭挺胸；老人依舊面如堅石，對眼前的成果毫無喜悅之情。

寒風依舊凜冽的吹著，只是這時多了樹葉的颯颯作響，大樹結出鮮豔欲滴的果實，給荒原帶來新一輪的生

機；三個傷痕累累的孩子，即便早已氣力空虛，仍擠出一絲力量，向果實伸出渴望的雙手，但老人不讓他們有喘息的時間，更不肯讓他們享用美味的果實，催逼著三個孩子來到另一個位置，殘酷的循環再次上演。

那荒原是我們的生命；那殘酷無情的老人是我們的意志；那三個瑟縮發抖的孩子是我們的身體、心靈跟靈魂。我們的意志從他們的軟弱中，榨取無窮的力量，去對抗環境的艱辛與現實的黑暗。

一粒塵土，被轉瞬即逝的風吹起，當風停息時，又重新落在地上；這軟弱、短暫、幼小的生靈蘊藏著無與倫比的力量，這力量勝過大海的怒濤，山嶽的高聳與星球的引力；一粒塵土可以俯視萬物，傲然的說：「如果你們是自由的、隨從己心的，你們便像我一樣，是一種意志；我與你們是同類；然而如果你們是盲目的、聽天由命的、毫無意識的，那就不配擁有名字，只配沉淪在黑暗中，我將立身世界，唯我獨尊。」

|作者簡介|

赫塞‧恩裡克‧羅托（西班牙語：José Enrique Rodó, 1871-1917）。烏拉圭思想家，作家，散文家，文學評論家。

　　本文中的老人讓人想起賽爾瑪・拉格洛夫（1858-1940，瑞典作家，1909年諾貝爾文學獎得主）名作《鳥巢》中那位祈求上帝毀滅人類的老人。與大自然對抗或妥協是人的宿命，任何人都無法逃脫。這位老人並非苛刻孩子，而是現實生活逼迫他必須帶著孩子掙扎求生。唯有與天抗爭，才能存活，這是人類歷史上永遠不變的真理。

解放

〔美國〕凱特·蕭邦

從前有隻動物誕生在世界上，牠睜開眼睛注視周遭，屋頂和四周是厚實的牆壁，正前方是無數粗細的鐵絲交織的一道門，空氣和光線由此進入，這隻動物出生在籠子裡。

在籠中，牠長大茁壯，看不見的保護跟照顧明顯存在，牠的力量和美麗越發增加。餓時，食物伸手可及。渴時，水便隨時遞上。疲倦時，舒適的草床隨時在側。在籠中，一切是如此的安全、穩定、舒服、美好，牠舔了舔自己英俊的雙頰，沐浴在牠認為是為了照亮自己的陽光中。

有一天，從安穩的好眠中醒來，慵懶的舒張四肢，突然，眼前似乎有點不同，光線是完整一片，不再是切割成細碎，古怪至極，仔細一瞧，籠門被打開了。牠衝向角落，恐懼的蹲伏著，不願面對門的方向。牠害怕這件不該發生的事，決定要將其導回正軌，轉身走向門口，想奮力關上，但是不知為何，牠的四肢毫無動作，身體不聽使喚，第一次自

己的身體竟與自己的心意違背，脖子伸長往外探頭，看到的陽光愈來愈多、天空愈來愈廣、世界愈來愈大。

不知過了多久，恐懼再次襲來，牠奔回舒適柔軟的草床上，想要躲回睡夢中，但卻遲遲無法入眠，牠走下床，一次又一次去門口探頭，每次都看到更多的光、更廣的天空、更大的世界。

最終牠受不了這樣的搖擺不定的煎熬，吸足一口氣，全身的肌肉緊繃，四肢蓄勢待發，縱身一躍，跳出籠門。

牠瘋狂向前奔跑，不知道要去哪兒，只是一直跑一直跑，完全沒注意到自己被荊棘刺傷與疲憊的身軀，牠看、牠聽、牠聞、牠嚐、牠觸碰，甚至將頭埋進沼澤中，將舌頭伸入有毒的水潭裡，牠以為水的味道可能很香甜。

飢餓時沒有食物自動會出現，必須自己尋找，並且經常為之奮鬥；在喝到清水前，也早已因尋找水源而疲憊不堪。

就這樣牠奮力生活、尋求、發現、喜悅和痛苦。籠子的門依然開著，但籠子永遠是空的！

|作者簡介|

凱特·蕭邦（Kate Chopin, 1851-1904），美國女作家，本名：凱薩林·歐福拉赫蒂，父親是愛爾蘭移民，定居在美國。她的短篇小說後來收入兩本選集：《巴尤老百姓》和《阿卡迪之夜》。小說《覺醒》（*Awakening*）是她於十九世紀的最後一年發表的長篇小說，被奉為女權主義文學的經典之作。

|凝思隨筆|

基本上，一隻動物被關在籠子裡，提供牠庇護、食物和水，有一天籠子打開了。牠冒險走出去，並發現了整個世界。這是牠第一次離開籠子，牠全力以赴。

但是，牠不再過著舒適和安全的生活。牠必須找到自己的食物和水，而且身體會因工作而疲勞。

故事的結尾是這樣的：牠奮力生活、尋求、發現、喜悅和痛苦。籠子的門依然開著，但籠子永遠是空的！

就如同我們的生命。我們生活在住房和安全中，我們認為這還可以，甚至還不錯，但這是因為我們沒有接觸過可怕的知識和自由世界。

有時候我們想回到籠子裡，因為感覺很好。但是知道

我們可以自由的去接觸更好的事情，即使必須像在地獄一樣奮鬥，並發現如何再次獨處……一切還是無與倫比的。就像故事中的動物一樣，我們永遠不要回到那個籠子裡。

這篇作品讀起來就像是苦樂參半的人生。它讓人們想起這句話：一旦把精靈從瓶子裡拿出來，就沒有辦法放回去了。這個故事讓我們震驚，因為我們可能會意識到：完全的自由和解放所帶來的代價和被關在籠子裡一樣多。

從另一個角度來閱讀，這個故事是關於自由意志、知識和智慧。最初，動物被關在籠子裡，知道其邊界，並且滿足於食物和其他需求。但是，一旦離開了籠子，發現了這個被困住的存在之外的世界，動物就開始看到自由的代價，伴隨著喜悅而來的是痛苦。

作者使用隱喻來講述她的故事。動物代表人類，而故事則反映了人類從恩典中墮落和聖經中原罪的故事。滿足了所有需求的籠中動物就像伊甸園裡的亞當和夏娃一樣。從夏娃吃蘋果獲得善惡的智慧之後，這對夫妻再也無法回到伊甸園（即籠子）了，他們必須像動物現在一樣經歷痛苦和勞動，才能獲得食物和安慰。

推薦

珍貴的禮物

　　誠如張子樟教授在編選序裡引用凱特・狄卡蜜歐（Kate Dicamillo）之語：「閱讀是一份珍貴的禮物，千萬不可以把閱讀當成家務或責任送給孩子，而應該當做一份珍貴的禮物送給他們。」所以，希望孩子閱讀的我們，應該思考的是：如何讓孩子感受到「閱讀」是一份禮物，而不是一種工作或責任？

　　以十多年推廣閱讀的經驗，我發現只要把「閱讀」改成「聽讀」，就能讓它成為最受孩子喜愛的「禮物」了！然而，要如何才能選到「對胃」的內容，讓人聽得津津有味呢？首先，就是幽默好文。不落俗套的幽默筆觸，總能讓所有人豎起耳朵，認真的聆聽著！

　　接下來，若要掌握孩子有限的「耐力」，願意靜下心來聆聽，並聽見文字的力量；除了要選擇貼近孩子心智年齡

與生活經驗的內容外，還要加上張力十足的運筆功力；如此一來，即使是時空背景迥異，一樣能引起讀者的共鳴！

然而，要找到好故事再加上好文筆的短文，著實不易！

幸有張子樟老師所編選的《那一天，我終於讀懂了愛》，均可依聽者的年齡找到適合朗讀的篇章。針對小學高年級生：〈簽名〉、〈玫瑰淚〉、〈那一天，我終於懂了愛〉和〈免費〉等，文中小主人翁幽微的思維，與正準備邁向獨立自主的前青春期（十歲左右）孩子，將產生共感性。另外，對於一些正值狂飆青少年的中學生們，〈零錢〉、〈磯鷸帶來的歡樂〉、〈被騙〉、〈鼓手的遭遇〉、〈一件運動衣〉等這些探討「人性」糾葛的議題，或許能呼應種種轉大人的內在衝突，引領孩子們在字裡行間探索自我。

所有朗讀過的文章，都將成為親子間最佳的對話議題，其他精采好文，可在適當的情況，逐一的選讀；每天只要十分鐘，為家人朗讀，日積月累重複的做；閱讀，必定成為家庭生活的一部分。

李苑芳（貓頭鷹親子教育協會創辦人）

國家圖書館出版品預行編目資料

那一天，我終於讀懂了愛—經典文學故事選 / 張子樟 編選
　　顏寧儀 繪圖
　　. -- 初版. -- 臺北市：幼獅, 2021.05
　　面；　公分. --（故事館；077）

　　　ISBN　978-986-449-217-6（平裝）

815.96　　　　　　　　　　　　　　　　109022034

・故事館077・

那一天，我終於讀懂了愛——經典文學故事選

編　　選＝張子樟
繪　　者＝顏寧儀
出　版　者＝幼獅文化事業股份有限公司
發　行　人＝李鍾桂
總　經　理＝王華金
總　編　輯＝林碧琪
主　　編＝沈怡汝
副　主　編＝韓桂蘭
編　　輯＝廖冠濱
美術編輯＝李祥銘
總　公　司＝10045臺北市重慶南路1段66-1號3樓
電　　話＝(02)2311-2832
傳　　真＝(02)2311-5368
郵政劃撥＝00033368

印　　刷＝錦龍印刷實業股份有限公司　　幼獅樂讀網
定　　價＝320元　　　　　　　　　　　http://www.youth.com.tw
港　　幣＝106元　　　　　　　　　　　幼獅購物網
初　　版＝2021.05　　　　　　　　　　http://shopping.youth.com.tw
書　　號＝984266　　　　　　　　　　e-mail:customer@youth.com.tw

行政院新聞局核准登記證局版臺業字第0143號